Die ganze Welt steht auf der spitzen Zunge

Zu diesem Buch:

Die Fülle der menschlichen Situationen sprengt offensichtlich die Enge der Sonntagsreden, und deshalb braucht der Mensch das Sprichwort. Die Herkunft der in dieser Sammlung vorgestellten Sprichwörter ist unterschiedlich: Es finden sich Spuren biblischer, talmudischer und nachtalmudischer Weisheit. Daneben stehen Sprichwörter, die von den Völkern übernommen wurden, mit denen die Juden lebten. Eine weitere Gruppe bilden Sprichwörter, deren Gehalt auf die in sich geschlossene mittelalterliche Welt des Ghettojudentums verweist. Außerdem findet man Sprichwörter, die die Geisteshaltung der Assimilationsperiode reflektieren. Der Herausgeber ordnete die Sprichwörter nach Themen wie Lüge und Wahrheit, Glaube, Hochzeit machen, Gewerbe und Geschäft. Wer etwas über die Situation eines Volkes erfahren will, braucht nur dessen Sprichwörter zu lesen. Bei den jüdischen heißt das kürzeste ›nebbich‹.

DIE GANZE WELT STEHT AUF DER SPITZEN ZUNGE

JÜDISCHE SPRICHWÖRTER

fourierverlag

Aus dem Jiddischen übertragen und herausgegeben
von Volker Dietzel

Diese Ausgabe entstand hauptsächlich auf der
Grundlage folgender Editionen:
Abraham Tendlau: Sprichwörter und Redensarten deutsch-jüdischer Vorzeit.
Frankfurt a. M. 1860.
Ignaz Bernstein: Jüdische Sprichwörter und Redensarten.
Warschau, Frankfurt a. M. 1908

Genehmigte Lizenzausgabe für Fourier Verlag GmbH, Wiesbaden 2003

Umschlaggestaltung: Thomas Jarzina, Köln
Gesamtherstellung: GGP Media, Pößneck
Printed in Germany

ISBN 3-932412-17-6

Vorwort

Ein Buch ohne Vorrede
ist ein Körper
ohne Seele.

Dem Motto ist zu entnehmen, daß Sprichwörter zu Übertreibungen neigen. Denn, und auch das ist ein Sprichwort: ›Es gibt nichts gleichmäßigeres als eine schiefe Leiter, und nichts schieferes als ein Gleichniswort.‹ Aber: ›Ein Sprichwort ist ein Wahrwort.‹ Was ist richtig? ›Ein Sprichwort ist eine Thora (Weisung, Lehre) zur Unterscheidung‹ (von Gutem und Schlechtem). Was ist gut und was ist schlecht und für wen und unter welchen Umständen? Die Fülle der menschlichen Situationen sprengt offensichtlich die Enge der Sonntagsreden, und die Existenz von Sprichwörtern ist ein Zeichen, daß sie handhabbar waren und sind. ›Wenn ich mir widerspreche‹, prahlt der österreichische Kulturhistoriker Egon Friedell (1878–1938), ›warum widersprechen Sie mir?‹

Wer etwas über die Situation eines Volkes erfahren will, braucht nur dessen Sprichwörter zu lesen. Bei den jiddischen heißt das kürzeste ›nebbich‹. Und damit fangen die Schwierigkeiten an. Der österreichische Schriftsteller Josef Wertheimer (1800–1887) schrieb: ›Ein Wörtchen geht von Mund zu Munde – / Sein Ursprung ist uns unbekannt; / Doch Zeugnis gibt's vom Bruderbunde, / Der mild dem Leid sich zugewandt. / Wo sich ein menschlich Weh verschließet, / Die Pilgerfahrt wird schwer und schwül, / Das Wörtchen von der Lippe fließet, / Und ‚Näbich' sagt das Mitgefühl.‹ Vier Etymologien sind möglich. 1. vom polnischen nieboze: ›Bei Gott nicht!‹, 2. vom böhmischen nybrz: ›Ja fürwahr!‹, 3. vom hebräischen nawuch: ›bedrückt‹ und 4. vom deutschen ›Nie bei euch!‹ Es ist ein Ausruf des Mitleids, des Erbarmens, der Teilnahme, des resignierenden Verzichtes.

Wer sehr pingelig veranlagt ist, könnte die Meinung vertreten, daß Sprichwörter nur verständlich sind, wenn ein Kosmos von Erfahrungen sie ins rechte Licht rückt, wie bei einer guten Übersetzung für jedes Wort ein Bedeutungshof ähnlicher Ausdrücke das Wort umlagern muß, damit die Bedeutung sich wiederherstellt. Hier wurde versucht, den umgekehrten Weg zu gehen. Mit einem minimalen Apparat von Anmerkungen soll jüdische Erfahrung für den deutschen Leser nachvollziehbar werden. Die Sprache der Sprichwörter ist Jiddisch. Jiddisch ist, kurz gesagt, eine Nahsprache des Deutschen, angereichert mit hebräischen und slawischen Elementen. Die Übersetzungen sind so angelegt, daß, jenseits allen modischen Mauschelns, Gedanken, ins Hochdeutsche transportiert, ihre rhythmische Struktur möglichst beibehalten.

Die Herkunft der Sprichwörter ist unterschiedlich. Es finden sich Spuren biblischer, talmudischer und nachtalmudischer Weisheit. Daneben stehen Sprichwörter, die von den Völkern übernommen wurden, neben denen Juden lebten. Es sind dies hauptsächlich slawische und deutsche. Sie wurden weitgehend ausgelassen, denn: ›Ein christliches Sprichwort ist abzusondern von der Thora.‹ Eine dritte Gruppe bilden die Sprichwörter, deren Gehalt auf die in sich geschlossene mittelalterliche Welt des Ghettojudentums verweist. In ihnen wird das Weltbild nicht angezweifelt. Dies geschieht dann in der vierten, jüngsten Gruppe, in der die Geisteshaltung der Assimilationsperiode reflektiert wird.

Die Form der Sprichwörter ist unterschiedlich. Neben einfachen Aussagen stehen komplizierte Gebilde. Neben reizvollen Verschleifungen stehen tendenziöse Wortverstümmelungen. Viele Sprichwörter beziehen ihre Kraft aus Wortspielen, die in ihrer kontrapunktierenden Wirkung an den Parallelismus der hebräischen Poesie erinnern, aber auch an die Pointen der jüdischen Witzkultur. Der jiddische Lyriker Morris Rosenfeld (1862–1917) fragt: ›Ein jüdisch Lach, ist denn das ein Lach!?‹ Was heißt, daß die überraschende Wirkung sich nicht im Wortwitz erschöpft, sondern ein dialektisches Spannungsverhältnis erzeugt. Die gedächtniseinübende Absicht der Wiederholung tritt zurück zugunsten einer auf kürzestem Raum dargelegten und zwiespältigen traurigen Wirklichkeit, in der das Ideal aufblitzt.

Die erste Gruppe der Sprichwörter ist auch die älteste. Als das jüdische Volk vor mehr als 1800 Jahren aus Palästina (ein Name, den die Römer dem Land gaben, um jede Erinnerung an Israel auszulöschen) vertrieben wurden und in die Galuth, das Exil, gingen, nahmen sie ihre heilige Schrift, das Alte Testament der Christen, mit, und sie wurde neben der Volkszugehörigkeit und der Hoffnung auf ihre Heimat zum einigenden Band, das bis in die Gegenwart hinein den gläubigen jüdischen Menschen Identität und Hoffnung gibt. Auf Zitate aus der Bibel wurde, wenn sie nicht Bestandteil eines eigenständigen Sprichwortes wurden, völlig verzichtet. Die Spruchweisheit der Bibel wird als allen Lesern zugänglich vorausgesetzt.

Neben der hebräischen Bibel, der schriftlichen Lehre, existiert die mündliche Lehre. Sie wurde im zweiten Jahrhundert u.Z. erstmals kodifiziert. Ihr Grundstock, die Mischna, wurde anfangs mündlich überliefert und erst später schriftlich fixiert. Aus den Diskussionen über die Mischna, die von den Gelehrten während des 3. bis 6. Jahrhunderts geführt worden sind, erwuchsen zwei Talmude, der Jerusalemer oder Palästinensische Talmud und der weitaus umfangreichere Babylonische Talmud. Die Proben, die ihm entnommen wurden, zeichnen sich durch Gottesfurcht, religiös kompensiertes Leid und durch sprachliche Prägnanz aus.

Bildung, Gottvertrauen und Leid waren bis in das Mittelalter die Grundlage des Lebens und somit auch der Folklore. ›Drei Fragen richtete ein Heide an Rabbi Elieser, darunter die eine: Ihr sagt, daß ihr Gott näher seid, und doch werdet ihr mehr als alle anderen Völker von Leiden heimgesucht? – Hierauf antwortete Rabbi Elieser: Eben deshalb, weil wir Gott näher sind, werden wir mehr von Leiden heimgesucht, Israel ist das Herz unter den Völkern; auch unter den Gliedern des Menschen ist es das Herz, welches den Schmerz größtenteils und hauptsächlich zu empfinden hat.‹ (Sohar Bemidbar 406, 407) Die mit der Entstehung der europäischen Zivilisation sich nach Norden ausbreitenden jüdischen Gemeinden siedelten sich auch im deutschsprachigen Raum an. Neben Zeiten der scheinbaren Ruhe dienten sie immer wieder (verbrämt über heute seltsam wirkende Ideologien) zum Sündenbock. Juden förderten Handel und Wandel, denn wenig anderes war ihnen erlaubt, das wurde von den weltlichen Fürsten gern gesehen, aber sie waren keine Christen, das wurde von den geistlichen Fürsten nicht gern gesehen. Und wenn durch soziale Unruhen die Macht beider ins Wanken geriet, sahen es alle gern, wenn man den jüdischen Sack schlug, ohne zu wissen, daß man den christlichen Esel meinte. So ist jüdische Erfahrung die Erfahrung des Schmerzes und Geschichte ein Teil jüdischer Psychologie. Und wenn viele jüdische Gemeinden im deutschen Raum ihre Ursprünge auf die Zeit vor der Geburt Christi zurückführen, so war das weniger eine Liebeserklärung als eine sich oft als nutzlos erweisende Schutzmaßnahme, bei der man sagen konnte: *Wir* haben euren Jesus nicht umgebracht! *Wir* waren damals schon hier!

Als man dem Druck auswich und nach Osteuropa zog, nahm man die damalige deutsche Sprache und deutsche Sprichwörter mit. Seit dieser Zeit, etwa dem 13. Jahrhundert, ist auch das Jiddische bezeugt. ›Es bringt die Kraft und Farbe des mittelalterlichen Deutsch mit dem scholastischen Scharfsinn der talmudischen Fachsprache und der Gefühlsweichheit der slawischen Idiome faszinierend zur Synthese.‹ (Salcia Landmann) Seit dem Ende des 17. Jahrhunderts wurde es in verschiedenen Dialekten in den polnischen, russischen und litauischen Gemeinden allgemein gesprochen. Aber auch dort kam es zu antisemitischen Ausschreitungen. Während dieser Zeit entstand der Chassidismus, eine religiöse Erwekkungsbewegung, als eine Antwort auf gescheiterte messianische Hoffnungen und die im einfachen Volk immer weniger verstandene rabbinische Orthodoxie. Wie auch bei der Entstehung der Kabbala suchten die Leidenden seelische Bestärkung und Halt in ihrer tragischen Existenz. Die Kabbalistik, die spanisch-jüdische Mystik, die aus den Zahlenwerten der hebräischen Buchstaben und deren Kombination neue Sinngebungen konstruierte, war für die Juden des europäischen Ostens nach all den schlimmen Massakern kein Ausweg. Lediglich ein schwacher Reflex der hohen Schule der Gehirnakrobatik erhielt sich im Bewußtsein des Volkes. Einige Sprichwörter, die eben aus diesem Grund schwer verständlich sind und zu den Interna zählen, wurden erläutert in die Sammlung aufgenommen.

Der Chassidismus ist eine volkstümliche Mystik, die

sich von der Gelehrsamkeit abwendet und in lebensfrohem Tanz, Gesang und in Schwärmerei das Dasein bejaht, in der Ekstase Gott nahe ist. Diese Bewegung wurde von allen traditionsbewußten Juden abgelehnt. Auch hierzu finden sich in der Sammlung Beispiele, wenngleich auch nur solche, die die Chassidim, die Anhänger der chassidischen Bewegung, entweder madig machen oder als Schwärmer verallgemeinern.

Die Sprichwörter des Mittelalters, das in der jüdischen Welt teilweise bis in das 19. Jahrhundert hineinreichte, sind noch, wie es sich für anständige Sprichwörter gehört, Schlußsätze von Erfahrungsketten, die kommendes Handeln fundieren und lenken. Die der letzten Gruppe brechen die weltanschauliche Geschlossenheit auf und ziehen die tradierten Werte in Zweifel. In ihnen lebt die Wehmut der Generationen, die eine Welt der Weisheit und Gottesfurcht und bedrückenden Ghettoenge aufgaben und die aufbrachen in eine Welt, die ihnen alle Freiheiten verhieß um den Preis des Verlustes von Identität. Wie die neue Welt beschaffen war, ist bei Ludwig Börne (1786–1837), Heinrich Heine (1797–1856), Karl Marx (1818–1883) und dem leider wenig gelesenen Moses Heß (1812–1875) nachzulesen.

Die zu Beginn des 19. Jahrhunderts durch die napoleonischen Reformen und die Ideen des Josephinismus begünstigte Emanzipationsbewegung und die rechtliche Gleichstellung von Deutschen und Juden und die schnelle Entwicklung der Wirtschaft und der Geist der neuen Zeit, der bis in den Osten vordrang, bewirkten gerade unter der jungen Generation eine Abkehr vom althergebrachten Leben. Für die die Gleichberechtigung annehmenden Juden erschien ihre Vergangenheit dunkel und voller Relikte. Dies war aber kein einheitlicher Prozeß, sondern ein sich von West- nach Osteuropa langsam erstreckender Vorgang. Jüdische ›schtetl‹ existierten praktisch bis zum Einmarsch der faschistischen deutschen Armee. Die langsame Auflösung der mittelalterlichen Welt erfolgte auch in umgekehrter Richtung, ausgelöst durch zaristische Pogrome, durch eine erneute Wanderung großer Bevölkerungsteile nach Mittel- und Westeuropa und nach Amerika.

Die Integration des jüdischen Volkes in die bürgerlichen Gemeinwesen Europas wurde durch eine Schranke erschwert, die während des Mittelalters gleichsam als Gegendruck die jüdische Gemeinschaft aufrechterhielt. Das religiöse und kulturelle Eingebundensein und der Wille dazu sicherten jahrhundertelang die jüdische Existenz. Mit dem Beginn der Assimilierung wurde Tradition zu einem Hemmnis. Vor die Wahl zwischen Wurzellosigkeit oder Orthodoxie gestellt, wählten viele den Mittelweg und etablierten ein Bürgertum, das dem Gemeinschaftssinn und einer aufgeklärten Religiosität verbunden blieb. Es war dies ein Optimismus, der von Wehmut durchzogen war, und der Zwang, besseres zu leisten, um als gleichberechtigt anerkannt zu werden, unterschied die jüdische Minderheit von allen anderen Bevölkerungsschichten, den Gojim (Plural von Goi – Nichtjude, Christ). Die Selbstscham entstand. Aber mit dem Verlust an menschlichen Werten im christlich-bürgerlichen Milieu begann deren Bewahrung durch das jüdische Traditionsbewußtsein. Das ist, grob gesagt, ein Ausdruck des gemeinen Rechtes aller, verschieden zu sein und die Pflicht, diese Verschiedenheit gegenseitig zu respektieren.

Die jüdischen Betreiber des sozialen Fortschritts litten unter dem Fortschritt. Gewohnt, sozio-moralische Verantwortung zu üben, nahmen sie weiterhin das verinnerlichte und zum Teil säkularisierte religiöse Ideal als

Maßstab. Gewohnt, ein düsteres Geschick zu erleiden, trainiert auf eine dialektische Sprache und durch die Neigung, rasch, scharf und abstrakt zu denken, rieben sich zwei moralische Wertsysteme in den Meinungskämpfen für und wider die Assimilation. Und dies nicht nur in zwei Lagern, sondern oft in einem Kopf. Auch darüber geben die Sprichwörter Auskunft. Und aus diesem Schmerz zieht die jüdische Kultur die Kraft, sich und der Welt das mögliche Glück als Maßstab anzulegen.

Die ethischen Werte des Judentums entspringen keinem abstrakten Denkgebäude, sondern resultieren aus der lebendigen Abhängigkeit des einzelnen von seinem Nächsten und seiner Gemeinschaft. Oder anders gesagt: Es kam im Judentum zu keiner Trennung von materieller und geistiger Erfahrung. Im Sinne von Marx würde man sagen: von materieller und geistiger Arbeit. Das jüdische Bewußtsein kam durch dauerndes Leid nie dazu, sich einzubilden, ›etwas anderes als das Bewußtsein der bestehenden Praxis zu sein‹. Die hohe sprachlich-formale Begabung, der zur Menschlichkeit aufrufende Glaube und die Tatsache, daß man auf der Seite der Verfolgten stand, prägte die Sprichwörter zu Dokumenten der Sehnsucht nach Frieden, nach Harmonie, nach der Lösung der Widersprüche durch Verantwortlichkeit.

Volker Dietzel

Leid

Gott hat geschworen,
es soll keine Sintflut mehr sein.
(siehe Gen. 9, 15)

Das Paradies und die Hölle
kann man auch auf Erden haben.

Die Hölle ist nicht so schlecht wie der Weg in sie.

Es dämmerte nicht eher, als bis es ganz finster war.

Man soll nicht mit dem geprüft werden,
was der Mensch vertragen kann.

Wenn es im Herzen bitter ist,
hilft im Munde kein Zucker.

Wenn das Glück sehr klein ist, setz dich und weine.

Gott wird helfen – nur, wie hilft Gott,
bis Gott helfen wird?

Wenigstens schrei:
Lebendiger und Ewigbestehender!

Wenn man die Augen zumacht,
dann sieht man nichts. *(als Geist)*
*(›ruach‹ bedeutet sowohl ›Geist›, ‹Wind‹, ›Hauch‹
und ist in diesem Sinne Ausdruck für ›Nichts‹.)*

Ein zerrissenes Gemüt ist schwer zu heilen.

Besser Schmerz im Herzen als Schande im Gesicht.

Wenn es nicht besser wird,
wird es von selbst schlimmer.

Besser ein Unrecht leiden als ein Unrecht tun.

Es weiß keiner, wessen Morgen es ist.

Sät man in Leiden, erntet man in Freuden.

Das Meer ohne Grund und jüdische Leiden ohne Ufer.

Das ist die Qual eines mit Leben begabten Menschen!

Oh, daß es doch so gewesen wäre,
wie es nicht sein wird.

Herr der Welt!
Erschreck mich, aber straf mich nicht.

Schrei nicht! Du wirst Gott aufwecken!

Der Jude läßt kein Unglück aus.

Zum Unglück muß man *auch* Glück haben.

Fällt irgendwo ein Stein, trifft er mich allein.

Was für ein Glück, daß keine Steine vom Himmel fallen,
es würde viele Menschen erschlagen.

Wenn das Unglück einen Menschen treffen darf,
trifft es ihn sofort.

Alles ist bei Juden zuwenig,
nur Verstand hat jeder genug.

Eines Juden Unterhalt sind ›Trauern und Seufzen‹
(Jes. 51, 11), und sein Glück ist ein Zufall.

Ist der Jude gerecht, erntet er erst recht Schläge.

Wenn man das Schlechte nicht überhören kann,
kann man das Gute nicht erleben.

Ist es nicht, wie man will,
muß man wollen, wie es ist.

Eine schöne Welt, eine lichte Welt!,
nur . . . für wen?

Die ganze Welt ist ein Traum;
nur besser ein guter Traum als ein schlechter.

Wenn das Leben süß ist, ist die Welt ohne Herren.

Wie soll das Schaf ruhig essen,
wenn der Wolf daneben steht.

Schert man die Schafe, zittern die Lämmer.

Zwischen einer Menge Hunden geht der Hase zugrund!

Ein Glück wie ein Goi! *(Christ, Nichtjude)*

Ein guter Mensch! Schläft er, beißt er nicht.

Schnaps verdreht den Kopf –
Verfolgung nimmt ihn herunter.

Auch ein kleiner Krieg macht große Verwirrung.

Was sich der Mensch selbst tut,
können ihm zehn Feinde nicht tun.

Eine Ohrfeige ist leichter zu bekommen als zu geben.

Kriegt man eine Ohrfeige,
bekommt man noch einen Feind dazu.

Es geht mir wie einem Gerechten in der Welt!

Das ist ein böser Brunnen,
zu dem man Wasser tragen muß.

Brennt es beim Nachbarn, bist auch du in Gefahr.

Man kann am Ufer ertrinken.

Ist es einem bestimmt, zu ertrinken,
ertrinkt man in einem Löffel Wasser.

Gott soll schützen vor jüdischem Stolz
und vor christlicher Leidenschaft.

Gott soll schützen vor christlicher Macht
und vor jüdischem Scharfsinn.

Herr des Himmels!
Gib mir Brot, solang ich Zähne hab!

Wie ein Laib Brot rund ist,
sind jüdische Leiden lang.

Furcht kann man nicht ausreden.

Hast du Furcht? – Denk an den Tod.

Das schlimmste Leben ist besser als der beste Tod.

Eine Vertreibung ist keine Absonderung.

Los red! –
Wenn die Zunge *(wie die Juden)* im Exil ist.

Die Zunge ist nicht im Exil.

Wenn der Bart brennt, wird die Zunge heiß.

Überstandene Leiden sind gut zu erzählen.

Man soll nicht beten, die Leiden mögen ausbleiben;
wenn die Leiden ausbleiben, bleibt das Leben aus.

Nur für Leiden gibt es keine Käufer.

Leiden sind für den Menschen,
was Rost für das Eisen ist.

Leiden legen sich nicht in die Kleider,
nur in die Knochen.

Das oberste Kleid verdeckt das unterste Leid.

Schwarz kommt niemals aus der Mode.

Keiner weiß, wen der Schuh drückt; –
nur der, der ihn trägt.

Bei des anderen Schmerzen ist es leicht,
ein armer Liebender zu sein.

Butterbrot fällt aufs Gesicht.

Jeden Augenblick eine andere Plage!

Das Schlachtmesser liegt ihm auf dem Hals!

Ein Hals ist keine Geige.

Er sitzt in gehackten Wunden.

Je größer die Not, je näher Gott.

Lieber das bittere Blut von Gott
als das süße von Menschen.

Hat man keine Hand frei,
kann man keine Faust machen.

Hat man kein Brot, ist es ärger als der Tod.

Leere Hände zerstören die Wände.

Was kommt schon aus einem silbernen Becher heraus, wenn er voll Tränen ist?

Alle ›megelech‹ sind fleischig.
(Wortspiel zwischen ›Mägelchen‹ von ›Magen‹ und ›Möglichkeiten‹.)

Der Mensch kann nichts Schlimmeres über sich haben als einen Menschen.

Der Mensch ist ein Prophet,
der niemals in Bedrängnis kam.

Des Menschen Möglichkeiten: zu sterben
oder zu verderben.

Not macht den Menschen besser, Glück schlechter.

Not schärft den Verstand.

Not bricht Eisen, Armut Schlösser.

Vor Not tut man den Sabbat in die Woche.

Was hilft dem Soldaten die Mazze?
(fragt einer, der zuwenig Unterstützung erhält und sich in seinen Erwartungen getäuscht sieht. Mazze, das ungesäuerte Brot, wird zu Pessach, Ostern, gebacken. Da Soldaten an der Religionsausübung, vor allem an der Einhaltung der Speisevorschriften, gehindert wurden,

nützte ihnen ein Stück Mazze in ihrem ›sündigen‹ Leben auch nicht.)

Kleine Sünden bringen große Verfolgungen.

Freu dich, Darm! Wirst Elend essen.

Wenn der Klagende nichts hat,
dann hat der Prahlhans erst recht nichts.

Weh der Kuh, die ackern muß
und abends noch gemolken wird!

Ich möcht vor Ungeduld die Wand hinaufkriechen!

Wenn man harrt, ist man genarrt.

Wer auf die Erlösung hofft, ist bald zerrüttet.

Seit der Tempel zerstört wurde,
kann kein Gesang mehr ganz voll sein.

Drei Menschen singen wegen der Not:
ein Vorsänger, ein Bettler und ein Lustigmacher.

Boden, Boden – weg ist er.

Wenn schon nasse Bäume brennen,
was sollen da die trocknen sagen?

Dort, wo ein Büßer steht,
steht der beste Fromme nicht.

Er hat bezahlt:
Schmerz, Krankheit, Stillstand und Schande.

Der größte Schmerz ist der,
den man nicht heraussagen kann.

Sorgen und Jahre machen graue Haare.

Eine augenblickliche Erleichterung
heißt auch gelebt.

Einer will leben und kann nicht;
der andere kann und will nicht.

Besser, es *gelüstet* zu leben, als man *muß*.

Schaut man nach vorn, ist es schlecht,
schaut man hinter sich, ist es noch schlimmer.

Jeder Mensch muß mehr hinter sich
als vor sich blicken.

Der Mensch geht in die Finsternis und weiß nicht,
was hinter seinem Rücken passiert.

Würde man alle Unglücke *(als Päckchen)*
an der Wand aufhängen,
so griffe doch jeder nach seinem,
um es zu tragen.

Fällt der Mensch, sagt sogar die Spinne
an der Wand gegen ihn aus.

Wenn die *(zaristischen)* Soldaten zu uns gehen,
hebt ein kalter Wind an zu wehen.

Vergossenes Blut nimmer ruht.

Was Wunder, daß es so gekommen ist!
Führt doch Gott die Welt;
und Jossel Moische, der Wasserträger,
führt – Wasser.

Hüt dich vor Feuer und glaub nicht dem Wasser.

In Freuden ist ein Jahr ein Tag;
in Leiden ist ein Tag ein Jahr.

Vor Not ißt man Weißbrot.
(Aus Mangel an Schwarzbrot verzehrt man die Überbleibsel des Weißbrotes vom Sabbat.)

Eine Rache an den Wanzen!
(soll einer ausgerufen haben, als sein Holzhaus brannte.)

Einen wirft man hinein,
den anderen wirft man hinaus.

Häng ich am Kopf, häng ich *(auch)* an den Füßen.

Drückt man sich, bekommt man Hämorrhoiden;
drückt man andere, bekommt man eine Ohrfeige.

Geht das Glück, kalbt nebenan der Ochse.

Was erben Juden? Not und Hämorrhoiden.

›Herr der Welt!‹ – eine Welt hast du erschaffen –
solch ein Jahr auf mich; führen tust du die Welt –
solch ein Jahr auf meine Feinde.

Was ist der Unterschied, ob mich der Narr schlägt
oder der Weise? Weh tut es doch.

Kein Los und doch gewonnen!
(1. über einen Lotteriebesitzer, 2. im üblen Sinn, wenn zum Beispiel ein deutscher Jude in seinem Geburtsland nicht als Deutscher gelten soll, im Kriegsfall aber von marodierenden Feinden als Deutscher mißhandelt wird.)

Wie geht's? – Soso, es macht sich – eine Wunde.

Das Schwein weidet mit zehn Jungen
und das Schaf kaum mit einem.

Zerbrich das Faß, doch hab acht auf den Wein.

Ruf mich Bär,
nur jage mich nicht in den Wald hinein.

Kost und nichts zu essen, Lohn und kein Geld!

Man weiß oft nicht, wofür Gott danken.

Ich fühl mich mies mit meinem Leben!
(Anekdote: Eine bejahrte Frau sagt zu einer anderen: Ich fühl mich mies mit meinem Leben; ich wollt, ich wär gestorben! – Ich glaub dir nicht. – So wahr ich hundert Jahr alt werde!)

Ein jüdisches Vergnügen ist ein kühler 9. Ab *(der Tag der Zerstörung Jerusalems)*, ein jüdisches Glück ist, kommt man zu ›gesegnet‹ *(am Ende des Gebetes)*, ein jüdischer Gewinn ist das Los, wenn man ›Kaddisch‹ sagen muß *(um für einen Verstorbenen zu beten)*.

Dort ist es gut, wo wir nicht sind.

Glück

Auf dem Frieden steht die Welt.

Der Vogel spürt nicht das Gewicht seiner Flügel.

Keine schönere Krone als die der Demut.

Keine Freude über die der guten Tat.

Keine Tat über die der Wohltat.

Kein Sinnen auf Sünde ohne Gotteslästerung.

Kein größerer Mutwille
als die Gewohnheit zu schwören.

Keine größere Buße, als allen,
die sich gegen uns vergangen, zu verzeihen.

Besser, der Feind soll bei mir Gutes sehen,
als ich bei ihm Schlechtes.

Wer die Ehre eines anderen schont,
schont seine eigene Ehre.

Freut man sich mit den Freuden anderer,
erlebt man eigene Freude.

Besser, das Glück sucht den Menschen
als der Mensch das Glück.

Wenn es geht, läuft es.

Das Glück allein hilft nicht dem Menschen,
wenn der Mensch nicht mithilft.

Das Glück läßt nicht lang mit sich spielen.

Wer mit dem Glück spielt, der trifft ungezielt.

Vom Glück zum Unglück ist es ein Holzspan –
vom Unglück zum Glück ist es ein Stück Weg.

Läuft man nach dem Glück, zerbricht man sichs Genick.

Zum Glück bedarf man keiner Weisheit.

Besser ein Quentchen Glück als ein Pfund Gold.

Ohne Glück sollte der Mensch nicht geboren werden.

Eine Stunde im Paradies ist auch gut.

›Und sie sollen geben‹ macht rückwärts auch ›und sie
sollen geben‹.
*(Die zum Almosengeben auffordernde Vokabel ›w'noss-
nu‹ besitzt einen symmetrischen Konsonantenbestand.
Geben verlangt wiedergeben.)*

Jeder Jude hat eine Menge Millionen – Kinder.

Der Jude schlägt mit seiner Meinung
und schießt mit seinem Blick.

Hab mich lieb, nur hab mich lange lieb.

Einem Krüppel spendet man mehr
als einem armen Gelehrten.

Erbarmen kann Grausamkeit sein.

Einem geschlagenen Hund zeigt man keinen Stock.

Es ist leichter, bei einem anderen Fehler zu finden,
als bei sich Vorzüge.

Wer dich mit Steinen bewirft, den bewirf mit Brot.

Der gute Wille ist die beste Gerechtigkeit.

Nicht das schöne Gesicht ist die Hauptsache,
sondern das schöne Herz.

Man mag sein ›schwarz‹,
hat man nur ein gutes ›Harz‹.

Man soll alles zum Guten *auslegen.*

Selbst wenn der Mensch das offene Grab sieht,
soll er nicht aufhören zu hoffen.

Gut ist zu hoffen, schlecht ist zu warten.

Hat der Mensch noch alle Zeit die Augen offen,
soll er hoffen.

Wer nicht von ›bejs‹ weiß,
weiß nicht, was ›gimel‹ bedeutet.
(Wortspiel zwischen ›bejs‹, ›böse‹, und ›bejss‹, dem zweiten Buchstaben des hebräischen Alphabetes, dem ›gimel‹ folgt, mit dem das Wort ›gut‹ beginnt.)

Eine Plage ist gut – bei einem anderen unter dem Arm.
(Man sagt, ein Geschwür sei der Gesundheit zuträglich. Dennoch würde man gern um der eigenen Gesundheit willen auf das Geschwür verzichten.)

Eine Ohrfeige vergeht … ein Wort besteht.

Von einem Wort wird kein Loch im Kopf.

Ein Herz ist dem anderen ein Spiegel.

Das Herz ist eine halbe Prophezeiung.

Kann man dem Freund mit Geld nicht helfen,
soll man ihm wenigstens Seufzen helfen.

Jasagen und liebhaben kostet kein Geld.

Er ist wie auf eine Wunde zu legen.

Wo Liebe ist, ist keine Enge.

Wer Erbarmen haben will,
muß sich anderen gegenüber erbarmen.

Wer sich seiner Mitgeschöpfe erbarmt,
gibt zu erkennen,
daß er aus dem Samen Abrahams ist.

Vor lauter Hoffnung werd ich noch verrückt.

Dummheit

Viele klagen über ein schlechtes Gedächtnis –
aber keiner klagt über seinen Verstand.

Nicht der Hut ist verdreht, nur der Kopf.

Der Zorn ist ein Narr.

Was nützen Licht und eine Brille,
wenn der Mensch nicht lernen will?

Weiß man allein, fragt man nicht andere.

In der Jugend ein Schaf, im Alter ein Pferd.

Besser mit einem Klugen zu verlieren,
als mit einem Narren zu gewinnen.

Besser eine Ohrfeige von einem Weisen,
als der Kuß eines Narren.

Der Schlemihl fällt auf den Rücken
und schlägt sich die Augen aus.

Beschreib einem Tauben das Musikantenspiel
und einem Blinden den Regenbogen
und einem Eunuchen den Geschmack des Beischlafes!

Sitzt der Wurm im Meerrettich, meint er,
es gäbe nichts Süßeres.

Der Mann der Kuh ist ein Ochse gewesen.

Schauen darf man – nur nicht glotzen.

Wer in die Höhe spuckt,
dem fällt die Spucke ins Gesicht.

Alles will er wissen, aber können tut er nichts.

Ein kluger Kopf! Mit ihm kann man Wände einrennen.

Jossel ist der beste Baumeister –
es fällt ihm nie etwas ein.

Er hörte das Singen;
aber er weiß nicht, in welchem Wald.

Außen – wenig, innen – gar nichts.

Er ist so dumm,
daß ihm nicht einmal
der ›Beschützer der Einfältigen‹ helfen kann.

Er spricht Hebräisch wie ein Wasser –
nur, das Wasser läuft, und er steht.

Wenn Gott einen Dummkopf strafen will,
legt er ihm ein hebräisches Wort in den Mund.

Was nützt dem Bauern die Uhr,
wenn er sie nicht aufziehen kann?

Ein Fauler schläft sitzend und arbeitet liegend.

Eine Ziege hat auch einen Bart
und ist weiterhin eine Ziege.

Der Kopf ist arm, der Bauch ist voll,
der Magen weiß von nichts zu sagen.

Ein Geizhals zahlt teuer, ein Faulpelz geht mehr.

Ein närrischer Schankwirt!
Er hat Schnaps – und verkauft ihn!

Laß einen Hund auf die Bank,
springt er auf den Tisch.

Tritt man *einen* Hund, heulen alle.

Er ist gesund – zum Buckel hin.

Wann freut sich ein Buckel?
Wenn er einen größeren sieht.

Wer einen Buckel hat, muß ihn tragen.

Was man hat, will man nicht,
was man will, hat man nicht.

Willst nicht, höre nicht;
aber den anderen störe nicht.

Wer dem Wind nachjagt, greift einen bösen Geist.

Wer bis zum zwanzigsten Jahr ein Kind ist,
bleibt ein Narr bis Hundert.

Alle Klugen gehen zu Fuß,
alle Narren fahren in der Kutsche.

Wenn ein Blinder läuft und ein Narr kauft,
kommen beide schlecht an.

Hätte Gott den Narren zugehört,
hätte die Welt ein anderes Gesicht.

Gott hat dem Narren Hände und Füße gegeben –
und er ließ ihn laufen.

Ein Weiser ißt, um zu leben;
ein Narr lebt, um zu essen.

Einen Toten beweint man sieben Tage,
einen Narren das ganze Leben.

Einen Ziegenbock fürchtet man von vorn,
ein Pferd von hinten, einen Narren von allen Seiten.

Sagt man dir: Meschugge! – Glaub.

Bist du meschugge, stoß deinen Kopf an die Wand,
nur laß andere in Ruh!

Wenn der Messias kommt,
werden alle Kranken geheilt werden;
nur der Narr wird uns bleiben.

Ein Blinder ist auf den Augen krank, ein Stummer
ist krank auf der Stimme, ein Narr ist krank
auf allen zweihundertachtundvierzig Gliedern.
(›r' mach evarim‹ sind die zweihundertachtundvierzig Glieder, die der menschliche Körper nach talmudischer Anatomie besitzt.)

Ein gutmütiger Narr ist ein koscherer Ochse.
(›koscher‹: erlaubt, den Speisegesetzen entsprechend; hier: harmlos.)

Hält der Narr die Kuh bei den Hörnern,
kann der Kluge sie melken.

Wirft ein Narr einen Stein in den Brunnen,
können zehn Kluge ihn nicht herausholen.

Schweigt der Narr, wird er zu den Klugen gerechnet.

Schickt man den Narren zum Markt,
freuen sich die Krämer.

Jeder Narr hat seinen Verstand für sich.

Ein Narr ist ein Sachverständiger für die anderen.

Ein Narr macht eine Menge Narren.

Ein Narr kann mehr einkaufen,
als zehn Kluge verkaufen können.

Ein Narr kann mehr fragen,
als zehn Kluge antworten können.

›Alle Narren ins Haus!‹ – ›Ich bin aber kein Narr.‹

Ein Narr ist sein eigener Denunziant.

Ein Narr, ein Narr!
Aber was ihm gut tut, dazu ist er klug genug.

Einen Narren erkennt man am Gesicht,
einen Klugen an den Augen.

Ein Narr lebt in Freiheit.

Ein Narr sagt, was er weiß, ein Kluger weiß, was er sagt.

Ein fremder Narr ist ein Gelächter,
ein eigener eine Schande.

Besser ein herumgekommener Narr
als ein einheimischer Weiser.

Wär ich ein Narr gewesen, hätt ich auch gelacht.

Für Narren sind die Gesetze nicht gemacht.

Zwei fallen zur Last: ein Narr zwischen Klugen,
und ein Kluger zwischen Narren.

Stoß den Narren mit einem Stößel, sagt er,
man meint nicht ihn, nur den Pfeffer.

Ein närrischer Kopf wird nicht grau.

Ein Messer ist gefährlich in der Hand des Weisen,
um wieviel mehr in der Hand des – Narren.

Sind die Eltern Narren, werden die Kinder Räuber.

Ein Betrunkener kann sich ausschlafen,
aber ein Narr kann nicht klüger werden.

Es ist gut, daß ein Esel keine Hörner hat.

Ein Narr bleibt nicht bei seiner Narrheit stehen.

Schick einen Faulen auf einen Gang,
er kommt nicht an, er kommt nicht zurück.

Ein fauler Bote ist ein halber Prophet.

Vorn getrommelt und hinten keine Soldaten.

Eine fixe Idee ist schlimmer als eine Krankheit.

Ein bleierner Vogel!

Fliegt man zu hoch, verdreht sich das Gehirn.

Man dreht sich mit jenen so lang,
bis man sich allein verdreht.

Wenn man viel redet, redet man von sich.

Soll ich meinen Verstand für einen Segen weggeben?
(Fragt ein Lehrer, dessen Schüler ein Dummkopf ist, der ihn zwar um der Lehre willen segnet, aber nichts verstanden hat.)

Du wirst es schon sehen wie deine Ohren.

Hebt eine Feder auf
und läßt das ganze Überbett fallen!

Sage nicht ›hopp‹, du bist nicht hinübergesprungen.

Was hilft es mir, daß es noch mehr Schlemihle gibt?

Er sucht einen nächtlichen Tag!

Eine Kuh ist übers Dach geflogen
und hat ein Ei verloren.

Pitsch patsch! Wer wen, weiß ich nicht.

Ein Wort und ein Wort und ein Schlag und so fort.

Ist es nicht seltsam? Ich heiß nach dem Großvater
und hab ihn nicht gekannt.

Erinnere ich mich,
daß mein Großvater kinderlos starb,
kommen mir die Tränen in die Augen.

Gott hängt jedem eine Klapper an.

Wenn man nichts zu tun hat, ist kacken auch Arbeit.

Dem Klugen ist es so bitter,
wie es dem Narren fröhlich ist.

Zwei Kluge machen einen dritten zum Narren.

Ein Kluger versteht von einem Wort zwei.

Sünden

Wenn man sich in die Grundlagen der Moral vertieft,
kann man leicht die guten Sitten verlieren.

Schaut der Pfau auf seine Federn, freut er sich,
schaut er auf seine Füße, weint er.

Gott erzürnen wir durch unsere Sünden,
Menschen durch unsere Tugenden.

Kleine Ausnahmen bringen große Leiden.

Eine Rache ist der halbe Trost.

Es ist keine so große Schande zu stehlen
wie zu schmeicheln.

Stehst du nicht hinter der Wand,
hörst du nicht die eigene Schand.

Der Zornige gewinnt nichts als seinen Zorn.

Der Reiche haßt Ehrenbezeugungen
wie die Katze die Butter.

Bei Menschen weiß man nie, wo der Engel aufhört
und der Teufel anfängt.

Ein Schmeichler darf sich nicht erzürnen.

Ein Zorniger ist gefährlicher als ein Schwefelhölzchen.

Zorn und Wut machen den Menschen zum Tier.

Zorn ist Götzendienst.

Wenn sich der Mensch erhitzt,
hört er nicht den Donner
und sieht nicht wie es blitzt.

Streit ist Krätze – je mehr man kratzt,
desto mehr beißt es.

Er nimmt seine Schmach
und deckt seine Schande damit zu.

Zuviel Ehre ist eine halbe Schande.

Wer selbst keine Ehre hat,
kann anderen keine abgeben.

Wer selbst nicht vertrauenswürdig ist,
glaubt den anderen nicht.

Ehre wälzt sich auf dem Mist –
wer sie will, nimmt sie sich.

Willst du reich werden? –
Sei sieben Jahre ein Schwein.

Die Krähe fliegt hoch
und setzt sich auf ein Schwein.

Wer sich in Kleie legt, den entführen die Schweine.

Ein Schwein frißt gekaute Sachen,
ein Hund schnappt rohe.

Ißt man Schweinefleisch
(was gegen die religiösen Speisevorschriften verstößt),
soll wenigstens das Fett aus den Mundwinkeln triefen.

Die böse Leidenschaft hat immer eine Chance.

Der böse Trieb hat eine eiserne Schnauze.

Wenn ein Geheimnis ein Segen wär,
würde man die Strafreden nicht flüstern.
(Bibelstellen, die Flüche gegen das Volk Israel enthalten, werden nur leise gelesen.)

Ein Geheimnis ist *dein* Gefangener,
solang du es bewahrst;
du wirst sein Gefangener,
sobald du es dem Nächsten erzählst.

Esau fragt, wie man von Stroh den Zehnten entrichtet!
(Der Midrasch sagt, daß Esau dies seinen Vater fragte, um sich einzuschmeicheln, obwohl er wußte, daß Stroh von dieser Abgabe befreit ist.)

Hast du den Erstgeborenen
mit List um den Segen gebracht,
gib wenigstens einen Topf Linsen.
(Sagte Esau zu Jakob.)

Wer in der Jugend
ein ›Schlemmer und Trunkenbold‹ *(Deut.* 21, 20) ist,
wird im Alter ein kranker Bettler.

Sie haben sich beide lieb - er sich und sie sich.

Schlägt man, schlägt man sich.

Der Mensch ist in sich selbst vernarrt.

Er lernt auf fremdem Bart scheren.

Geht der Vorsteher
nicht in die Schul *(Synagoge)* hinein,
ist es ein Zeichen,
daß die Schul in den Vorsteher hineingeht.
(Gemeint sind die Einkünfte der Gemeinde.)

Von einem geizigen Reichen
und von einem fetten Bock
genießt man erst nach dessen Tod.

Zuviel Demut ist halber Stolz.

Hat man keine Wahl, muß man sogar sündigen.

Keine Wahl ist ein *(christlicher)* Befehl.

Besser in christlichen Händen
als in jüdischen Mündern.

Karten sind ein Satan.
(Der Zahlenwert der Konsonanten des Wortes ›kurten‹ beträgt dreihundertneunundfünfzig, soviel, wie der des hebräischen Wortes ›satan‹.)

Einen Denunzianten hängt man an der Zunge auf.

Ein Gerechter im Pelz!
(Der Buchstabe ›zade‹, auch ›zadik‹ genannt, im Wort ›zadik‹, ›Gerechter‹, wird, *wenn er am Ende eines Wortes steht, final geschrieben; ein Bogen wird gerade nach unten gezogen. Im Volksmund heißt er dann ›schlechte zadik‹, von ›schlicht‹, ›gerade‹. So sagt man einem, der es sich in seiner Frömmigkeit bequem macht, er sei schlicht wie das ›zadik‹ im Wort ›Pelz‹.)*

Die Zunge führt den Kopf zum Galgen.

Wer gut kriechen kann, der kriecht hinauf.

Eine koschere *(reine)* Seele
in einem trefenen *(unreinen)* Leib.

Ein Kuß auf den Schnabel und ein Stich ins Herz.

Schade um den guten Wein im bösen Faß.

Es gibt kein böser Mensch einen Rat,
wenn er nicht einen Vorteil davon hat.

Ein Jude ist fromm, nur nicht überall.

Über die falschen Tränen können die Wahrheiten
nicht in den Himmel hinauf.

Verschweigen macht keine Schlechtigkeit.

Frechheit gilt!

Ein schlechter Freund ist ein guter Totengräber.

Eine wackere Frau! Sie ist mit einem Offizier durchgebrannt!
(Wortspiel um ›chajil‹, das nicht nur ›Stärke‹ und ›Standhaftigkeit‹, sondern auch ›Militär‹ bedeutet.)

Ihr Vater ist der Unterhalt der Gemeinde,
und sie ist der Gemeinde Tintenfaß.
(Anzüglich von einer mißratenen Tochter.)

Im Schlaf sündigt nicht der Mensch, nur sein Traum.

Ein hochmütiger Mensch
ist ärger als ein leidenschaftlicher.

In die Augen heißt: geredet;
hinter den Augen heißt: getratscht.

Besser *ein* Wort davor, als *zwei* danach.

Ein Hund soll kein Richter sein.
(Da man sich in zweifelhaften Fällen an den ›dajan‹ mit der Frage wendet, ob das Fleisch koscher oder trefe, erlaubt oder nicht erlaubt, sei, so würde der Hund alles für trefe erklären, damit es für ihn übrigbleibt.)

Wer dem Wirt für den Branntwein nicht bezahlt,
wird zweimal betrunken.

Streiten sich zwei Diebe,
bekommt der Bauer seine Kuh zurück.

Schlagen sich die Diebe, kommt eine Spende heraus.

Solang man dem Dieb nicht auf die Hand schlägt,
heißt er nicht Dieb.

Ein Dieb vor der Tür ist der beste Wächter.

Vor einem Dieb, der ins Haus gehört,
kann man sich nicht schützen.

Wenn man einen Dieb braucht,
schneidet man ihn sogar vom Galgen.

Für den Dieb ist es *ein* Weg,
für den, der ihn sucht, sind es *zehn.*

Von einem Dieb ist schwer zu stehlen.

Das Ende des Menschen ist der Tod,
das Ende des Ochsen das Schächten *(Schlachten)*,
das Ende des Händlers der Bankrott,
das Ende des Diebes der Galgen.

Vor einem stummen Zeugen laufen die Diebe nicht weg.

Er kann einem das Weiße aus den Augen herausstehlen.

Hat dich ein Dieb geküßt, zähl deine Zähne.

Dem Dieb brennt die Mütze!
(Auf einem Jahrmarkt geschah ein Diebstahl, und man suchte vergeblich nach dem Dieb. Jemand rief: Dem Dieb brennt die Mütze! Der Dieb griff nach oben und verriet sich.)

Vor einem Dieb darf man den Galgen nicht erwähnen.

Für einen Schmuggler
ist die finstere Nacht eine lichte Welt.

Wo ein Geheimnis ist, dort ist Diebstahl.

Stiehlt mein Bruder, hängt man den Dieb.

Wenn man nicht die Augen offenhält,
bezahlt man mit der Rocktasche.

Ein Dieb muß ein Weiser sein.

Jeder Dieb hat seine Ausflucht.

Jeder Dieb nimmt sich des anderen an.

Selbst der Dieb ruft zu Beginn des Einbruchs
den Barmherzigen an.

Nicht die Maus, das Loch ist der Dieb.

Das Loch macht einen Dieb! –
Und ein Dieb macht ein Loch.

Ist es dein, was greifst du zu? –
Ist es nicht dein, was greifst du zu?

Das Türschloß ist nur für ehrliche Leute erfunden.

Ist der Galgen etwa nur für Christen gebaut?

Es gibt Geheimnisse, von denen man nicht wüßte,
wenn sie keine Geheimnisse wären.

Lüge und Wahrheit

Man beniest die Wahrheit –
aber hin und wieder auch eine Lüge.

Mit Lügen kommt man weit, aber nicht zurück.

Was man nicht vor Gott leugnen kann,
soll man nicht vor Menschen leugnen.

Er lügt nur zweimal im Jahr:
im Sommer und im Winter.

Eine gute Lüge ist zuweilen Geldes wert.

Ein Lügner redet sich seine Lügen so lang ein,
bis er sie *allein* glaubt.

Die Vertrauenswürdigkeit des Lügners
ist wie das Erbarmen des Denunzianten.

In der Jugend ein Lügner, im Alter ein Dieb.

Ein Lügner muß ein gutes Gedächtnis haben.

Ein Lügner ist gleich einem Stummen;
beide sagen nicht die Wahrheit.

Klempner und Schornsteinfeger nimmt
man nicht als Zeugen.
(Weil sie für Geld ihr Leben aufs Spiel setzen.)

Wer *(zu oft)* den Zeugen macht,
wird dafür untauglich.

Man redet von einem Ding so lang, bis es wahr ist.

Eine Ahle bleibt nicht im Sack verborgen,
die Spitze kommt heraus, heut oder morgen.

Ein Tauber hat gehört, daß ein Stummer erzählte,
ein Blinder hätte gesehen, wie ein Lahmer lief.

Würden alle Juden die Wahrheit glauben,
käme der Messias.

Was er sagt, das meint er nicht;
und was er meint, das sagt er nicht.

Wenn sein Wort eine Brücke wär,
hätte ich Angst, darüber zu gehen.

Die Wahrheit hat Füße, ist sie entlaufen.
Die Lüge hat keine, ist sie eben dageblieben.

Wer ein großes Maul hat, hat ein schmales Herz.

Nicht alles, was man mit dem Mund sagt, meint man
mit dem Herzen.

Zwiebeltränen rühren nicht das Herz.

Jeder hat die Wahrheit lieb.
Aber nicht jeder sagt sie.

Sagt man die Wahrheit, erspart man sich Schwüre.

Lügen soll man nicht sagen,
aber die Wahrheit darf man nicht sagen.

Wahrheit – das ist der größte Schwindel.

Wer's nicht glaubt, ist auch ein guter Jude.

Eine halbe Wahrheit ist eine ganze Lüge.

Wahrheit – wie Olivenöl auf dem Wasser.

Wahrheit – wie Wasser im Sieb.

Wahrheit ist nur bei Gott –
und bei mir ein bissel.

Die Wahrheit zeigt sich ängstlich.

Wegen des Friedens *(schalom/scholem)*
darf man eine Lüge sagen,
aber Scholem *(als Männername)* darf nicht lügen.

Praktisches

Auf Wohltätigkeit steht die Welt,
und vom Nichts-Abgeben geht sie unter.

Das Schwein würde Hörner haben,
hätte die Welt keinen Bestand.

Das Gute und das Schlechte sind nicht auf ewig.

Die Welt ist *auch* eine Welt.

Die Welt ist nicht meschugge.

Die Welt ist wie eine Leiter;
hinauf geht einer, herab ein zweiter.

Die ganze Welt steht auf der spitzen Zunge.

Wörter soll man wägen und nicht zählen.

Ein gutes Wort bringt eine gute Antwort.

Es ist vergebens, Wasser in den Brunnen zu gießen,
kommt es nicht allein zum Fließen.

In einen Brunnen, aus dem man Wasser trank,
soll man keinen Stein werfen.

Weisheit, kommt sie zu spät, mag erschlagen werden.

Was taugt Weisheit, wenn die Narrheit gilt?

Einmal ist der Mensch stärker als Eisen,
einmal schwächer als eine Fliege.

Zögen alle Menschen auf einer Seite,
hätte sich die Erde umgedreht.

Der Wald liefert selbst den Stiel zu der Axt,
mit der er abgeholzt wird.

Es gibt keine zwei gleichen Menschen
und keine zwei gleichen Meinungen.

Menschen muß man schneller antworten als Gott.

Viererlei Menschen sind wie gestorben:
ein Armer, ein Asozialer, ein Blinder
und ein Kinderloser.

Mit eigner Elle kann man die Welt nicht messen.

Hält man sich für zu klein,
wird man auf den Kopf getreten.

Für sich allein ist die Seele rein.

Wie man sich etwas vornimmt, so hilft Gott.

Geborgter Verstand taugt nichts.

Getauft und erhängt mag man sein,
nur Verstand muß man haben.

Verbrannt werden soll der Verstand,
der nach dem Feuer kommt.

Verstand ohne Glück
ist wie ein ungeschliffener Brillant.

Thora *(die Weisung, die Bibel, die fünf Bücher Mose,*
das Wissen)
läßt sich nicht erben.

Ein Unwissender kann nicht fromm sein.

Drei Dinge sind im Übermaß nicht gut,
in Maßen gut: Sauerteig, Salz und die Weigerung.

Für ›das Gute‹ ist jeder sachverständig.

Ist man gut, zerreißen einen die Hunde.

Besser sich zum Kopf bücken als zu den Füßen.

Besser *ein* Vogel im Netz als hundert fliegende.

Ein ›Ich weiß, daß ich nichts weiß‹ ist besser
als ein halbes Wissen.

Tu Gutes, und frag nicht, wem.

Hast du *dich* im Sinn,
wirst du *jenen (Gott)* vergessen.

Ein Weiser ›klügelt‹ sich vom Galgen herab.

Red keine Schmeichelei in die Augen,
tu hinter den Augen keinen Mord.

Er schlägt sich das ganze Jahr mit der de'eh.
*(Wortspiel zwischen dem hebräischen ›de'ah‹, ›Wissen‹,
und dem jiddischen ›deje‹, ›Degen‹.)*

Einem Gefallenen tritt man nicht auf die Hand.

Gute Menschen wird die Schenke nicht verderben
und schlechte wird die Synagoge nicht bessern.

Das Gute erinnert sich lang, das Schlechte noch länger.

Jeder Mensch ist gegen sich blind.

Gott gab dem Menschen zwei Ohren und einen Mund,
damit er mehr hören und weniger reden soll.

Ein Buchhändler ist kein Gelehrter,
ein Geldwechsler ist kein Richter,
und ein Totengräber ist kein Gerechter.

Es ist leichter, zehn Länder
als einen Menschen kennenzulernen.

Die Ehre ist wie ein Schatten;
läuft man ihr nach, läuft sie weiter.

Drei taugen nichts:
ein schlitzohriger Bauer, ein armer Gutsbesitzer
und ein vertrottelter Weiser.

Niemand tut andern etwas, nur sich allein.

Es gibt dreierlei Recht:
Recht, Unrecht, und wie man es macht,
ist es auch recht.

Kann man nicht beißen,
soll man nicht die Zähne zeigen.

Für die Welt muß man mehr Pflichten erfüllen
als für Gott.

Sei nicht süß, man soll dich nicht auffressen,
sei nicht bitter, man soll dich nicht ausspeien.

Wer Butter im Kopf hat,
soll nicht in der Sonne laufen.

Wer die Gefahr liebt, geht darin unter.

Schone das Kleid zu Hause,
so wird dich das Kleid zwischen den Leuten schonen.

Geschwiegen heißt auch geredet.

Schön schweigen ist schwerer als schön reden.

Der beste Schwimmer wird zum Schluß ertrinken.

Wer als Frühaufsteher gilt,
darf bis Mittag im Bett liegen.

Wo mehr Fleisch als Bein ist, ist kein Segen dran.

Alle Stummen wollen viel reden.

Ein Blinder liebt es, von Wundern zu hören.

Die Zunge ist ohne Knochen,
aber sie zerbricht Knochen.

Die Zunge ist wie eine lederne Deichsel.

Betsüchtige Jungfern und besuchssüchtige Witwen
richten die Welt zugrunde.

Das Ohr mag man vielen geben,
die Hand dem guten Freund,
aber den Mund nur dem eigenen Weib.

Was drei wissen, ist kein Geheimnis.

Besser ein guter Freund als ein schlechter Feind.

Lieber *einen* guten Freund als *zehn* Feinde.

Besser eine ehrliche Ohrfeige
als ein falscher Kuß.

Besser einen guten Nachbarn
als einen schlechten Verwandten.

Ist der Bruder ein Feind,
ist er ein Feind fürs Leben.

Drei Sachen sind beim Menschen verschieden:
die Stimme, das Gesicht und die Meinung.

Um vier Sachen soll der Mensch bitten:
um einen guten König, um ein gutes Weib,
um ein gutes Jahr und um einen guten Traum.

Winkt der Erfolg, gilt erst die Weisheit.

Ein Knäuel hat auch einen Anfang.
(an dem die Klärung beginnt.)

Man findet überall eine kleine Erlaubnis.

Es ist nicht ganz so rein,
es ist ein ›aber‹ dabei.

Ein scharfes Pfefferkörnlein ist besser
als ein Korb voller Kürbisse.

Wer die Zeit drängt, den verdrängt die Zeit.

Unrecht ist mir lieber als Stuß.

Stille Wasser machen das Ufer morastig.

Es gibt keinen Vorzug ohne einen Fehler.

Aufschieben ist nur gut fürs Käsemachen.

Von einem Ochsen zieht man keine zwei Felle ab.

Braucht man Feuer, sucht man es in der Asche.

Frag den Feind um einen Rat, und tu verkehrt.

Man muß den Mond erneuern, solang er steht.

Der Schmach entlaufe,
aber der Ehre renn nicht hinterher.

Eine Uhr, die steht,
ist besser als eine Uhr, die falsch geht.

Der Wein stinkt nach dem Faß.

Kleine Töpfe laufen schnell über.

Der schwerste Pelz ist im Winter leicht –
das leichteste Hemd ist im Sommer schwer.

Ein fremder Pelz wärmt nicht.

Besser gut gesehen als schlecht gehört.

Was nüchtern auf der Lunge,
liegt im Rausch auf der Zunge.

Sieh herab, dann wirst du wissen, wie hoch du stehst.

Mit einem Auge sieht der Einäugige mehr *(Augen)*
als du bei ihm mit zwei.

Wo Kopf ist, da ist Zulage.
(Eine Gratiszulage erhielten die Käufer, die einen Rinderkopf erwarben, da dieser fast nur aus Knochen besteht. Im Volkswitz wird ›Zulage‹ für einen feinen Gedanken gebraucht, den jemand in eine Sache ›hineinlegt‹.)

Was taugt ein guter Kopf,
wenn die Füße ihn nicht tragen?

Er hält sich damit auf wie Abraham, unser Vater,
mit der Beschneidung.

Kann man nicht darüber, muß man darunter.

Kann man nicht, wie man will,
muß man wollen, wie man kann.

Nicht das ist schön, was schön ist,
nur das, was gefällt.

Abwaschen kann man nur den Körper,
aber nicht die Seele.

Willst du ein Gesicht bei den Leuten haben? Hab ein
Gesicht für dich allein.

Das Gesicht ist ein Denunziant.

Alle Glieder wollen reden,
doch die Zunge allein schiebt man vor.

Es vollbringt sich nicht so schnell,
wie es sich redet.

Wer fragt, verirrt sich nicht.

Wer fragt, der erfragt sich.

Das beste Pferd braucht die Peitsche,
der klügste Mensch die Frage,
die frommste Frau einen Mann.

Bei einem Pferd schaut man auf die Zähne,
bei einem Menschen auf den Verstand.

Leicht zu sagen, schwer zu tragen.

Berge kommen nicht zusammen, aber Menschen.

Das leichteste ist, jemandem einen Rat zu geben;
das schwerste – sich allein zu raten.

Dem Zuschauer ist nichts zu schwer.

Sich zu loben paßt nicht, aber es schadet nicht.

Singen kann ich nicht,
aber sachverständig bin ich.

Es ginge wohl, aber es geht nicht.

Alles ist eitel Tand –
und getändelt muß doch werden.

Die Schreibfeder schießt schlechter als ein Pfeil.

Schlägt man auf den kalten Stein,
springt ein heißer Funke hervor.

Liegt der Stein an einem Ort,
bewächst ihn das Gras.

Gute Pferde irren weit umher.

Irrt der Kluge, irrt er gewaltig.

Er ist ein großer Gelehrter,
aber auch ein kleiner Ignorant.

Wer zwischen Gut und Böse unterscheiden kann,
ist noch kein Weiser.
Der ist es, der von zwei Übeln das kleinere wählt.

Ein gebildeter Jude
kann kein religiöser Fanatiker sein,
und ein ungebildeter kein Ketzer.

Parodierte Weisheit

Wenn er sagt: ›Preiset!‹,
sagt die Gemeinde: ›Es werde gepriesen.‹
(Die in der Liturgie festgelegte Antwort der Gemeinde auf den Spruch des Vorbeters benutzt der Volkswitz, um einen Streit zu beschreiben.)

Ein Jude antwortet immer verkehrt;
sagt man ihm ›schulojm – alejchem‹,
antwortet er ›alejchem – schulojm‹.
(Der sprichwörtliche Widerspruchsgeist wird durch die Grußformel ›Friede sei mit euch. – Mit euch sei Friede.‹ bewiesen.)

›Schweigen ist die Umzäunung der Weisheit‹ –
aber Schweigen allein ist keine Weisheit.

Wer ist der ›Und er sei dein Herr‹?
Ich oder du? *(Gen. 3,* 16)

Gott bewahrt vor *einer* Sorge.
(1. nicht vor allen Sorgen; 2 . *Wortspiel mit ›ejn‹, was im Hebräischen ›nicht, kein‹ bedeutet.)*

›Rufet Gott an.‹ –
Schrei wenigstens verzweifelt zur Wand.

›Du hast uns auserwählt aus allen Völkern.
Was, mein Gott, wolltest Du von den Juden‹.
Variante: Warum ausgerechnet wir?
(nach 1. Kön. 8, 53)

›Verboten sei das Schwein‹ ist kein Schwur,
›Arschdorf in Äthiopien‹ ist kein Fluch.
(›tachat/tuchoss‹, ›Hinterteil, Gesäß‹, Name einer Raststation der Israeliten in der Wüste, Num. 33, 26)

›Verlaßt euch nicht auf Fürsten‹ *(Ps. 146, 3)* –
und verlaß dich nicht auf einen Nichtsnutz.

›Ohren hat die Wand.‹ – Ein Stiefel dann auch.

›An einem Ort, wo kein Mensch ist‹ –
ist ein Hering auch ein Fisch.

›Der sein Eis gleich Brocken hinwirft.‹ *(Ps. 147,17)* –
Wasch mir den Pelz und mach ihn nicht naß.

›Keine Weisheit, keine Einsicht‹ *(Spr. 21, 30)* –
entsprechend schlechte Karten.

›Er sprach von Weizen‹, und er antwortete ihm:
Nudeln.
(›Er sprach von Weizen, und jener antwortete über Gerste‹. Eine im Talmud gebrauchte Formel zur Bezeichnung eines ausweichenden Einwandes.)

Er hält ›ta'aniss ester‹.
(Wortspiel zwischen ›Er hält das Fasten Esther‹, am Vortag des Purimfestes, und ›Hält er das Fasten, ißt er‹.)

›Der Ursprung des Menschen ist Staub,
und sein Ende ist Staub.‹ –
Unterdessen hilft ein Schnaps.

Ehre ist Leber.
(Wortspiel zwischen ›Kawod‹, ›Ehre‹, und ›Kawed‹, ›Leber‹.)

›Du sollst nicht beschämt
und nicht zu Schanden werden‹ –
segne mich nicht und schelte mich nicht.
(Travestie des Sabbatliedes ›I'chudojdi‹.)

›Ein Gedanke wie eine Tat!‹ – Ein Gedanke, keine Tat.

›Die Welt geht ihren Lauf.‹ –
Danach sieht die Welt auch aus.

›Beschütze mich und ich beschütze dich.‹ –
Kratz du mich *(am Rücken)*,
dann will ich dich kratzen.

Essen ist das beste Gebet.
(Wortspiel zwischen ›Essen‹ und ›ejsson‹, ein Gebet für die Hohen Feiertage.)

Der gesündeste Magen ist der ›magen awoth‹.
(›Schild der Väter‹, Anfang eines Sabbatgebetes.)

Wann sind bei einem Hund die drei Hohen Feiertage ?
Wenn man ihm einen Fuß bricht.
(›schalosch regalim‹ bedeutet auch ›drei Füße‹.)

›Der in der Hand hält‹ – greift man mit der Hand, ist man sogar ein Dieb.
(›Der in der Hand hält das Maß für Gerechtigkeit‹, ein Hymnus für Neujahr und Versöhnungstag.)

›Vermehrung der Reichtümer,
Vermehrung der Sorgen.‹ –
Aber gar kein Reichtum ist die größte Sorge.

›Das Heilige sei vom Unheiligen geschieden.‹
(Hes. 42, 20) – Wenn es gelingt, ist es wirklich gut.

Hat man ›bituchojn‹ *(bedeutet ›Gottvertrauen‹ und ›finanzielle Sicherheit‹)*,
hat man am Sabbat *(an dem profane Tätigkeiten nicht erlaubt sind)* zu essen.

Du, Bock, Erstgeborener, ja, du bist heilig!
Aber was stinkst du so?

Steh ich auf – prompt tagt es.

›lomu‹ – was, ›se‹ – das. ›anochi‹ – ich: Was das ich!
(›Wozu bin ich nun da?‹ klagt Rebekka – Gen. 25, 22. Verspottung der Pedanterie, wobei der Selbstzweifel des Übersetzers in einer richtigen Übersetzung läge, die allerdings den Zweifel am Sachverstand dialektisch aufheben würde.)

›Der im Himmel thront, lacht‹ *(Ps. 2, 4)* –
er hat gut lachen.

›Wer ist ein Held?‹ – Der einen bösen Witz unterdrückt.

›Dessentwegen‹ nimmt man den Fuß in die Hand.
(›I'fichoch‹, ›dessentwegen‹, der Anfang eines Dankgebetes in der Haggada, Erzählung, die vom Auszug des jüdischen Volkes aus der ägyptischen Knechtschaft berichtet und an den zwei ersten Seder-Abenden des Pessachfestes, Ostern, gelesen wird. Bei ›I'fichoch‹ steht die Anmerkung, man nehme den Becher, hebräisch ›kos‹, in die Hand, was durch die Ähnlichkeit der hebräischen Buchstaben mit ›Fuß‹ verwechselt wurde.)

Söhne sind die größte Plage.
(Bezieht sich auf eine Anekdote, in der ein Schankwirt in der Haggada zwei ähnliche Buchstaben verwechselt und statt ›kinim‹ (›Läuse‹), ›bonim‹ (›Söhne‹), liest.)

Als Moses, unser Lehrer,
auf dem Berg Sinai herumging und geschrien hat:
Ich bin Salomo! – Wer hat ihn gehört?
(Verwechslung zweier Legenden.)

Zwei Stimmen werden nicht gehört.
(Sind nicht zugleich zu verstehen. Neue Sinngebung einer im Talmud üblichen Eingangsformel.)

Es gibt keinen schlechten Branntwein für einen Rausch,
kein schlechtes Geld für einen Händler
und keine miese Frau für einen Schürzenjäger.

Neben einem Toten ist gut
ein wenig Schnaps trinken,
auf einer Beschneidungsfeier
ein Stück Lebkuchen essen,
und auf einer Hochzeit – beides.

Der Hund schnappt eine Brezel beim Bäcker,
aber der Hund bleibt ein Hund,
und der Bäcker bleibt ein Bäcker.

Was beschert ist, ist rasiert.

Drei Gebote kommen wieder aus dem Hals heraus:
ein zu großes Stück ungesäuertes Brot,
die winterlichen Sabbatmahlzeiten
und das aufgesaugte Blut
eines dreißigjährigen Fremden bei der Beschneidung.

Der Schankwirt lebt vom Obersten.
*(Wortspiel zwischen ›Oberster‹, ›Gott‹, und ›Oberes‹,
die Differenz zum Eichstrich.)*

Wenn er nicht zu mir kommt,
dann - kommt er nicht zu mir.

Wirft man einen Stecken an die Wand,
bleibt er stecken. *(oder: ein Stecken.)*

Nicht vom Glück des Tages *(der Geburt)* hängt es ab,
sondern vom Glück der Stunde.
(So erzählt eine Anekdote, daß Amschel von Rothschild, als ihm ein Lehrling empfohlen wurde, sagte: Ich nehme nur einen Jungen in mein Geschäft, der Glück hat. - Wieso wissen Sie das? fragte der Empfehlende. – Wenn er mir gefällt, dann hat er Glück.)

Er legt die Unreinheit in die Gottesfurcht hinein.
(Er hat für alles Üble ein gottgefälliges Motiv zur Hand.)

Glaube

Ernst reden nur Spötter.

Ein Narr fragt einen Weisen:
›Seit wann ist Gott?‹ – Der spricht:
›Das läßt sich nicht beweisen;
Sag mir: Wann war er nicht?‹

Mit Gott darf man nicht spielen.
Erstens darf man nicht, und zweitens läßt er nicht.

Wer sich Schwereres vornimmt,
dem hilft Gott leichter.

Was Gott tut, ist selbstverständlich gut.

Ohne Gottes Willen
rührt sich keine Fliege an der Wand.

Gott beschert dem Trinker seinen Wein
und dem Spinner seinen Flachs.

Gott ist nicht reich; er nimmt nur bei einem
und gibt dem anderen.

Gott ist den Waisen ein Vater
und den Witwen ein Richter.

Gott ist ein Vater –
das Glück ist ein Stiefvater.

Gott ist ein Vater;
wenn er keine Plage gibt, gibt er die Blattern.

Gott ist ein ehrlicher Zahler, nur ein langsamer.

Gott wartet lang, aber er bezahlt mit Prozenten.

Gott ist ein alter Kunststückchenmacher.

Gott ist zuverlässig, was man ihm auch anvertraut.

So wie wir zu Gott sind, so ist er zu uns.

Will Gott jemanden strafen,
nimmt er ihm den Verstand.

Will Gott jemandes Herz zurückweisen,
gibt er ihm einen großen Verstand.

Wenn Gott anhebt, einem zuzuspielen,
wird man ganz tanzelig.

Gott darf man keine Frage stellen,
weil er dann sagt:
Wenn du die Antwort wissen willst, komm zu mir.

Wenn ich bin, bin ich;
außer Gott kann mich keiner nehmen.

Der Mensch fährt, und Gott hält die Zügel.

Der beste Handel ist mit Gott.

Wenn Gott will, schießt ein Besen.

Das Meer ohne Ufer, die Thora
(die Weisung, die fünf Bücher Mose) ohne eine Ecke.

Der beste Lebkuchen ist der, den Gott gegeben hat.
(Wortspiel zwischen ›lekach‹, ›Lebkuchen‹, und ›lekach tow‹ – Spr. 4, 2 – die gute Lehre, die Thora.)

Hat man keine Angst vor der Schande der Leute,
hat man keine Ehrfurcht vor Gott.

Wer sich nicht vor der Welt schämt,
hat auch vor Gott keine Ehrfurcht.

Jeder Jude hat seinen ›Gedeckten Tisch‹
und seine eigenen Verrücktheiten.
(›schulchan aruch‹, Josef Karos Sammlung der Ritualgesetze, des Zivil- und Strafrechts.)

Wird ein Chassid *(religiöser Schwärmer)* aufgeklärt,
schimpft er mit Gott.

Wohnte Gott auf der Erde,
würden ihm die Menschen die Fenster einschlagen.

Gott ist Gott – und Branntwein ist Branntwein.

Vor Gott hat man Furcht –
vor den Menschen muß man sich hüten.

Er meint, er hat Gott bei den Füßen gepackt.

Nicht gesungen, nicht gelernt,
aber Gott nicht erzürnt.
(Mit diesem Sprichwort glaubten die Chassidim sich vom Beten und vom Studium der Thora zu suspendieren.)

Gott straft – der Mensch rächt sich.

Gott lebt oben, und wir plagen uns unten.

Hätte Gott den Hirten zugehört,
wären die Schafe ausgestorben.

Gibt Gott mit dem Löffel,
geben die Menschen mit dem Scheffel.

Wenn Gott Brot gibt, geben die Menschen Butter.

Auch für ein Gebot finden sich jede Menge Liebhaber.

Die Rettung einer Seele verdrängt den Sabbat.
(Nach talmudischer Vorschrift darf man den Sabbat verletzen, wenn dadurch ein Menschenleben gerettet wird.)

Wer für einen anderen betet, hilft sich selbst.

Was Gott erfreut, ist nicht zu spät.

Hat man *diese* Welt, hat man *jene* Welt auch.

Gott schickt die Heilung vor der Wunde.

Gott erschuf sich eine Welt mit kleinen Weltchen.

Gott hat geschworen,
in der Welt soll nichts verloren sein.

Gott gibt die Kälte nach den Kleidern.

Gott, gesegnet sei er,
übersieht keinen bei der Verteilung.

Alle Tore sind verschlossen;
nur das Tor des Erbarmens bleibt offen.

Wäre der Mensch nur so viel wert,
wie Gott helfen kann.

Der Messias wird nicht in einer Nacht geboren.

Es ist schwer, zu tragen,
und abzuwerfen macht bang.

Der Platz der Bundeslade gilt nicht als Maß.

Irdisches Gefäß faßt nichts mehr,
ist sein Raum gefüllt;
aber es faßt der Geist,
je mehr er empfängt, stets mehr.

Auch die größte Weisheit,
zur falschen Zeit gepredigt, ist Ketzerei.

Religiöser Alltag

Vom Himmel gibt man herab,
aber nicht herauf.

Ein guter Jude ist ein schlechter Gatte.
(Weil er seine Freizeit in der Synagoge verbringt.)

Wer keine Gemeindesteuer gibt,
der hat keine Meinung.

Wer sich nicht an den Abgaben beteiligt,
darf auch nicht in die Suppe spucken.

Ein Sühnegeld – aber die Ehre ist groß.

Wie die Predigt, so die Bitte.

Die Gemeinde zankt sich,
und den Gemeindediener schlägt man.

Ein dicker Rabbiner
und ein magerer Pope taugen beide nicht.
(Denn gewöhnlich ist es umgekehrt.)

Alle Hunde und alle Christen und alle Rabbiner
haben *(je) ein* Gesicht.

Neun Rabbiner können keinen ›minjan‹ machen,
zehn Schuster, ja.
(Zur Abhaltung eines Gottesdienstes sind zehn religionsmündige Männer, ein ›minjan‹, erforderlich.)

Die Frau des Rabbiners hat offene Hände
und kurze Ohren.

Eine Jüdin ohne Gebetbuch
ist wie ein Hirt ohne Pfeife.

Kann eine Frau nicht beten,
zählt sie wenigstens die Hüte in der Synagoge.

Hat der Vorbeter ein schmales Gehalt,
bezahlt man ihn mit Sängern.
(Man gibt ihm einen Chor zur Unterstützung.)

Ein Vorbeter im Alter bellt wie ein Hund
und frißt wie ein Pferd.

Ein Vorbeter ißt ›far‹ dem Beten.
(Meint sowohl ›vor‹ als auch ›für das‹.)

Alle Vorbeter sind Narren,
aber nicht alle Narren sind Vorbeter.

Nach einem schlechten Vorbeter ist gut zu beten.

Bei einem schlechten Vorbeter hört man die Fehler,
und man sieht die miese Grimasse.

In einem Rabbiner, der singen kann,
und in einem Vorbeter, der ›lernen‹ kann,
ist kein Segen.

Die Stimme kommt vor dem Vorbeter.

Ein Schuldiener hat einen Darm wie ein Rennauto.
(Da er in verschiedenen Häusern speist, kann er die vorgeschriebene Zeit von sechs Stunden zwischen dem Genuß von Fleisch- und Milchspeisen nicht genau einhalten.)

Ein Gemeindevorsteher mag so groß sein wie ein Huhn,
er sitzt obenan.

Der Wunderrabbi trinkt allein den Wein
und heißt danach die anderen fröhlich sein.

Das Essen des Wunderrabbis, des Pferdes Saufen
kann man aushalten; aber des Wunderrabbis Saufen
und des Pferdes Fressen, das ist unmöglich.

Wunderrabbiner und Doktoren
werden nur von Weibern reich.

Wenn der Vater ein Wunderrabbi ist,
ist der Sohn ein Tölpel.

Wenn man *(die geschlachteten Tiere)*
gut untersuchen will
*(nach eventuellen, den religiösen Forderungen
zum Genuß widersprechenden Makeln)*,
ist alles unrein.

Wenn man es genau untersucht, ist es ein Dreck.

Ein Schlächter darf keinen Makel haben.
(Weil der jüdische Fleischer die rituelle Makellosigkeit seiner Produkte garantiert.)

Ein ganzes Jahr barfuß
und ›tischa-b'aw‹ in Socken.
(Am ›tischa-b'aw‹ gehen die Juden zum Zeichen der Trauer in bloßen Strümpfen. Ein armer Teufel, der das ganze Jahr barfuß geht, zieht sich an diesem Tage, um den anderen nicht nachzustehen, extra Strümpfe an.)

Der Paradiesapfelschmuck kostet das ganze Leben,
aber der Palmzweig wird gesegnet.

Ein Jude kann alle Arbeit tun:
Pessach bäckt er Mazzen, Schawuot ist er ein Gärtner.
Tischa-b'aw ist er ein Soldat,
Sukkot ist er Baumeister,
Chanukka gießt er Kerzen,
Roschhaschana bläst er den Schofar.

Nach einem Feiertag bleiben nur Schulden
und dreckige Wäsche.

Im Winter ist zweimal in der Woche Sabbat.

Ruhetage drücken auch einmal das Herz ab.

Weltlicher Alltag

Volksbrauch bricht das Gesetz.

Entweder es hilft nicht, oder man darf nicht.

Was man *(mühsam)* aufspürt,
ist danach wie *(zufällig)* gefunden.

Verbrüht man sich mit Heißem,
bläst man auf das Kalte.

Geht man unter die Leute,
erfährt man, was sich zu Hause tut.

Gieß das unreine Wasser nicht aus,
solang du nicht das reine hast.

Er ging weg wie das späte Mädchen vom Tanz.

Hat ein Jude ein Furunkel, hat er keine Zwiebel;
hat er eine Zwiebel, hat er kein Furunkel.
(Furunkel heilte man durch das Auflegen einer gebratenen Zwiebelscheibe.)

Hat man keinen Daumen,
kann man keinen Feig nicht weisen.
(D.i. den Daumen zwischen Zeige- und Mittelfinger stecken.)

Was ein Tauber nicht hört, das denkt er sich aus.

Ein koscherer Vogel
stellt sich nicht auf ein Schwein.

So wie er es nicht hört,
so soll es ihm nicht schaden.
(1. Wenn man schlecht von einem Dritten redet. 2. Wenn man dessen körperliche Eigenschaften lobt, um ihn dadurch vor dem bösen Blick zu bewahren.)

Sind beide Parteien gerecht – ist es schlecht.

Wenn man sich mit dem Rabbiner verzankt,
muß man es mit dem Schankwirt halten.

Was der Betrunkene im Kopf hat,
hat der Nüchterne in der Flasche.

Herr der Welt!
Ich bitte dich nur um ›Brot zu essen
und Kleider anzuziehen‹ *(Gen. 28, 20)* –
Branntwein will ich mir schon allein kaufen.

Im Sommer ist jede Ente eine Wäscherin.

Das Huhn wird an das Schächten
(rituelles Schlachten) gewöhnt.

Was erträumt sich das Huhn? Hirse.

Ein Huhn, das kräht,
ein Goi *(Christ, Nichtjude)*, der jüdelt,
und eine Jüdin, die Thora lernt,
sind keine guten Angebote.

Ein Auge hat mehr Glaubwürdigkeit
als zwanzig Ohren.

Ein Blinder hat seine Augen in den spitzen Fingern.

Mit was für einem Auge man einen anschaut,
solch ein Gesicht hat er.

Besser ein alter Topf als ein neuer Scherben.

Wenn man läutet, ist ein Feiertag
oder eine Feuersbrunst.

Wenn es brennt, löscht der Nachttopf auch.

Nach fremden Truthähnen ist gut pfeifen.
(Truthähne vertragen keine Pfeiftöne und laufen weg.)

Der Fleischer bittet um Reinheit
(daß die geschlachteten Tiere als koscher befunden werden, vom Rabbiner als rein bestätigt.)
Der Bader bittet um Unreinheit
(da er Interesse daran hat, daß die Frauen unrein seien, also nicht guter Hoffnung, und die ›mikwe‹, das rituelle Bad, besuchen.)

Wenn man das Bad beheizt,
wird es warm in der Stadt.

Alle Juden haben *einen* Verstand.

Alle Juden sind Sänger,
nur – gemeinsam klingen sie heiser.

Die Familie wird nur in der Länge gerechnet,
nicht in der Breite.

Reiche Verwandte sind nahe Verwandte,
arme Verwandte sind ferne Verwandte.

Wer sich selber lobt,
scheint schlechte Nachbarn zu haben.

In der Stadt, in der man geboren ist,
fehlt immer ein Monat.
(Wortspiel zwischen ›Ihr‹ und dem Monat ›Ijor‹. Man redete sich gewöhnlich untereinander mit ›du‹ an.)

Ein Gast wie ein Regen.
(Beide werden auf die Dauer lästig.)

Gute Gäste kommen ungebeten.

Drei Tage ist man Gast, später eine Last.

Wer lange schläft, hat kurze Tage.

Der Traum ist eine halbe Prophezeiung.

Der Traum ist ein Spaßmacher.

Man kann *(bei Tag)* den Traum größer machen
als bei Nacht.

Setzt man einen Vogel in den Käfig,
weiß man nicht, ob er weint oder lacht.

Was man im Winter durch die Heizung verliert,
verliert man im Sommer durch Narreteien.

Besser ein reicher Nachbar
als ein armer Hausherr.

Zwischen Tür und Angel
soll man nicht die Finger stecken.

In drei Orten vergibt man sich keine Ehre:
im Gefängnis, auf dem Abort und im Bad.

Die schönste Ehre ist, man sitzt daheim.

Der schönste Spaziergang ist vor der eignen Tür.

Zu Hause, wie Gott will –
aber zwischen Leuten muß man sich stellen wie ein Mensch.

Geht das schöne Huhn in der Stube herum,
ist es *auch* schön.

Ist der Hausherr ein Pechvogel, ist der Dieb ein Genie.

Ist die Hausfrau dick, backt sie dicke Brote.

Womit ein Topf anbrannte, danach stinkt er.

Ist die Hausherrin wie eine Katze,
ist die Katze wie eine Hausherrin.

Eine Stube ohne Hausfrau
ist wie ein Wagen ohne Räder.

Die Hausfrauen reden von der Arbeit in der Stube;
die Arbeit redet von den Hausfrauen in der Küche.

In ein offenes Töpfchen
steckt jede Maus ihr Köpfchen.

Aus einem Bettuch kann man ein Kopftuch machen,
aber aus einem Kopftuch kein Bettuch.

Wo ist die Katze, und wo ist die Butter?
(rief eine Hausfrau, der zwei Pfund Butter fehlten und die auf das Argument der verdächtigten Köchin, die Katze habe die Butter gefressen, die Katze wog und feststellte: Sie wog genau zwei Pfund.)

Ein alter Scherben überlebt einen neuen Topf.

Kocht man mit Stroh, bleibt das Essen roh.

Den Darm gefüllt, der Magen brüllt, die Milch brüht,
die Grütze brennt an, und da bin ich allein,
und auf den Markt muß ich auch noch gehen,
und das ist ein Freitag.

Ein Mensch mit guten Manieren
schlägt sich durch alle Türen.

Weißt du, sag; kannst du, tu; hast du, halt.

Essen

Alles kann der Mensch vergessen,
nur nicht das Essen.

Das Essen gerät nach den Gästen.

Je kleiner die Gesellschaft,
desto größer die Freude.

Wenn man Gäste hat, genießt man selbst auch.

Es fehlt kein Teller – nur eine Person ist zuviel.

Freut man sich auf ein gutes Abendessen,
bringt der Teufel einen Gast.

›Gesegnet sei der Eintretende‹ – nach dem Essen.

Ihr seid verwandt mit mir,
aber nicht mit meiner Suppe.

Wenn der arme Gast hustet, fehlt ihm der Löffel.
(Gäste brachten üblicherweise ihr Besteck selbst mit.)

Ist der Gastgeber ein Vielfraß,
kommen die Gäste nicht ans Essen.

Mit einem Juden ist gut Kugel essen –
nur nicht von einem Teller.
(Kugel: Sabbatspeise, eine Art Pudding.)

Einer hat keinen Appetit zum Essen,
der andere hat kein Essen zum Appetit.

Ein ganzes Vermögen läßt sich vernaschen.

Meine Blähung sei deine Genesung.

Zu jedem Brot findet sich ein Messer.

Brot wird nicht zuwider.

Brot ohne Mus kann man essen,
Mus ohne Brot – das geht auch.

Besser gut und ein bissel,
als schlecht und eine volle Schüssel.

Mancher betet für ein Stückchen Brot
und meint ein Schnäpschen.

Bäckt man Brot im Ofen, ist die ganze Stube satt.

Ein Hering ist genug für zehn Esser,
ein Huhn – kaum für zwei.

Zu einem Hering braucht man kein Salz,
und zu den Grieben kein Schmalz.

Sucht man Weißbrot,
verliert man inzwischen das Brot für die Woche.

Über angeknabbertem Brot
ist schlecht der Segen zu sprechen.

Er hat das Leben von Gott
und das Essen von den Menschen.

Das ganze Brot geht für einen Segensspruch weg.

Ein guter Esser ist ein schlechter Faster,
aber ein guter Arbeiter.

Von zuviel Essen kann man sterben,
von zuviel Fasten kann man sterben.

Fasten heißt nicht, kein Brot *spüren.*

Viel Tischgesänge – wenig Nudeln.

Das beste Milchige in den Neun Tagen
ist doch ein Stück Fleisch.
(Während der Neun Tage sind nur Milchspeisen erlaubt.)

Wo die Thora ist, ist Weisheit,
und wo Weisheit ist, ist Hirsebrei.

Über den sündigen Nudeln hab ich den lieben,
heiligen Gottesdienst vergessen.

Ein kleines Ei ist auch ein Huhn.

Kalbfleisch ist Halbfleisch,
Taubenfleisch ist gar kein Fleisch.

Das beste an den zehn Plagen sind Knödel mit Suppe.
(Während der ersten zwei Pessach-Abende ist von den zehn Plagen die Rede.)

Eh ich vor Hunger sterbe,
eß ich schon lieber Gebratenes.

Eine Katze oder ein Truthahn . . .
Hauptsache einen Vogel für das Sabbatmahl.

Der gegen den Fisch geholfen hat,
hilft auch gegen den Pfeffer.

Bedarf man des Honigs, wo man Zucker hat?

Der erste Bissen ist ein Bohrer,
der zweite macht ein Loch,
der dritte schreit: Gib noch!

Man erkennt noch an den Backen,
wie darin die Zähne knacken.

›Chrejn‹ *(Meerrettich)* ist gut für die Zähn;
›jauch‹ *(Suppe)* ist gut für den Bauch.

Der Geschmack liegt in den spitzen Fingern.

Ist der Magen satt, ist der ganze Körper lustig.

Kauen ist keine Eitelkeit.

Der Darm hat kein Fenster.

Satte Därme, fröhliche Hintern.

Hochzeit machen

Hochzeit machen, lernen und sterben
versäumt man nicht.

Es gibt kein jüdisches Kloster.

Früh aufstehen und früh Hochzeit machen –
das schadet nichts.

Bräutigam und Braut haben gläserne Augen.

Tanzen im Kränzchen ist das schönste Tänzchen.
(›krenzel‹ heißt der Reigen, den die Angehörigen der Brautleute auf der Hochzeit tanzen.)

Zwei Hochzeiten an einem Tag
sind des Müßiggängers Jammer und Klag.
(Müßiggänger, ›batlon‹, ist derjenige, der in der Synagoge gegen Bezahlung anwesend ist, damit die für die Thoralesung notwendige Zehnzahl der Männer erreicht wird.)

Ein Junggeselle soll kein Heiratsvermittler sein,
und ein Hund kein Metzger.

Mitgift und Erbteil
sind mit dem Teufel in Kompagnie.

Streiten sich die Heiratsvermittler,
geht die Partie auseinander.

Er kann zwei Wände zusammenführen!
(So gut ist der Ehevermittler.)

Die Mitgift geht weg für den Heiratsvermittler.

Will man wissen, was man wert ist,
soll man sich eine Partie vermitteln lassen.

Wenn man heiraten will,
muß man auf die Knie der Braut schauen.
(›knj‹ bildet die Anfangsbuchstaben von ›Keren‹, Kapital; ›nadon‹, Mitgift; ›jichüss‹, Abstammung.)

Wenn man heiratet, sollte man genau hinsehen,
von wem man sich danach scheiden läßt.

Eine Heirat und einen Schnupftabak
soll man nicht ausschlagen.

Eine Heirat ist wie eine Leiter;
wenn sie schief steht, kommt man hinauf.

Die Partie ist auf *einer* Seite immer beschlossen.

Ein Hund soll mein Herz ausreißen;
es ist verrückt geworden!

Wenn ein alter Junggeselle stirbt,
sind die Mädchen rachsüchtig.

Meint man die Tochter, schmeichelt man der Mutter.

Jede verwöhnte Tochter
legt sich ihre Ausreden zurecht.

Besser ein häßliches Weib für sich allein
als ein schönes Weib für alle.

Lieber eine junge Witwe als ein altes Mädchen.

Wenn man einen Besen schön schmückt,
dann ist er auch schön.
(Variante: . . . dann sieht er auch aus wie ein Mensch.)

Wenn Gott meinem Vater Geld bescheren wird,
will ich auch eine Braut werden.

Ein Paar, vom Himmel bestimmt!
Der Bräutigam auf einem Auge blind,
die Braut taub auf einem Ohr.

Sieht man nicht Sarah, die Blinde,
ist Rivka, die Schwarze, schöner.

Ein Fehler! Die Braut ist *zu* schön.

Wenn der Bräutigam der Braut nicht gefällt,
sind ihr seine Geschenke nicht lieb.

Ist die Braut nicht schön, hat sie andere Vorzüge.

Von ihr kann der Messias nicht kommen.
(So häßlich ist sie.)

Wenn die in den Fluß guckt, verrecken die Fische.

Die Braut schämt sich, aber Vergnügen hat sie.

Nimmt sich ein alter Mann eine junge Frau,
wird er jung und sie alt.

Nimmt ein alter Mann eine Jungfrau,
haben beide keine große Freude.
(›g'dula‹, Größe, Freude, Auszeichnung. Von Müttern oft als Kosewort für ihre Kinder gebraucht.)

Wenn ein Mädchen einen alten Mann nimmt,
wird sie eine junge Witwe sein.

Ist das Mädchen häßlich, sagt sie,
der Spiegel ist schuld.

Macht man einer Jungfrau keine Hochzeit,
macht sie es sich allein.

Ein reicher Mann hat immer eine schöne Tochter.

Schämen ist gut für die Lampe.
(Auf ein prüdes Mädchen. Wortspiel zwischen ›sich schämen‹ und dem hebräischen ›schemen‹, ›Öl‹.)

Anmut geht über Schönheit.

Alle Gütelchen sind böse,
alle Schönchen häßlich.

Kann ein Mädchen nicht tanzen, sagt sie,
die Musiker können nicht spielen.

Er ist ein Junggeselle wie die Amme ein Mädchen.

Er weiß schon den Geschmack vom Baum der Erkenntnis.

Er läuft herum und sucht seine Rippe. *(Eva)*

Wenn ein alter Mann ein Mädchen nimmt,
zittert bei ihm lediglich die Haut.

Jeder Bräutigam ist ein Stück Schwiegervater.

Schreibt man der Geliebten einen Brief,
gibt man der Thora den Scheidebrief.

Die einzige Tochter soll man freien,
den einzigen Sohn soll man fürchten.

Gib dem Bären ein Weib,
wird er aufhören zu tanzen.

›Nathan, bist Bräutigam gewordn?‹ –
›Weiß ich? Vater sagt so was.‹

Heiratet man wegen des Schwiegervaters,
schläft man mit einem Bären.

Er leugnet die Priesterwürde
für ein schönes Gesicht.
(Von einem Nachkommen der Priester aus dem Hause Aarons, einem Kohen, dem es verboten ist, eine geschiedene Frau zu heiraten.)

Gelt (Geld) – Mädchen, ich hab dich lieb.

Besser zehn Getaufte als ein schlechtes Weib.

Sind keine Mädchen da, tanzt man mit Schicksen.
(›schicksen‹: ›Scheusale‹, christliche Mädchen.)

Kann man singen, muß man auch schlingen.
(Das kostenlose Essen zwischen den Liedern.)

Branntwein ist ein schlechter Bote:
Man schickt ihn in den Bauch,
und er kriecht in den Kopf hinein.

Zur Hochzeit wird man geführt –
zur Scheidung läuft man allein.

Hochzeit machen dauert eine Stunde;
den Ärger hat man das ganze Leben.

Jede Heirat, die man tut, ist gut;
nach einem Jahr wird man gewahr.

›Genejte‹ Sachen trennen sich.
(Wortspiel zwischen ›genäht‹ und ›genötigt‹.)

Besser Papier zerreißen als Pergament.
(Besser den papiernen Verlobungsvertrag lösen, als den Scheidebrief auf Pergament schreiben lassen.)

Besser vier in Freuden als zwei in Leiden.
(Besser mit anderen Partnern aus einer schlechten zwei gute Ehen machen.)

Der Mensch sei einem Schuster verglichen:
ein Schuster braucht eine Frau,
und der Mensch braucht eine Frau.

Mann und Frau

Der Verstand der Frau ist ein Schmuck,
der Schmuck des Mannes ist der Verstand.

Es gibt nur eine böse Frau auf der Welt –
jeder Mann denkt, es wäre seine.

Durch das Verdienst der Mütter
wurde Israel aus Ägypten erlöst.

Wer ein schlechtes Weib hat,
dem sind im Tode die Sünden vergolten.

Dem Hahn muß man ein Gewicht umhängen.
(Männer brauchen liebe Frauen am Hals; sonst fliegen sie aus.)

Hat man eine häßliche Frau,
fühlt man sich im Bett wie aus dem Leben gehend.

Er hat das lieb,
was dem Rabbiner nicht verboten ist.
(Im Gegensatz zum katholischen Geistlichen: Frauen.)

Für eine wilde Nacht hat man einen schlechten Tag.

Er flüstert ihr das Geheimnis zu,
das Juda Thamar eingeflüstert hat.
(Bezieht sich auf Gen.38, wo vom unerlaubten Umgang mit einer Frau die Rede ist.)

Laß es einen Schlimmeren sein, aber einen anderen!
(Klagt die Frau, die sich um jeden Preis scheiden lassen will.)

Auf der schwarzen Erde wächst das beste Getreide.
(Beim einfachsten Mann findet man das beste Herz.)

Perlen auf dem Hals – Steine auf dem Herzen.

Kräht die Henne, schickt man sie zum Schlächter;
›kräht‹ das Weib, schickt man es – zum Teufel.

Ein guter Schwiegervater ist schwer zu haben;
ein schlechter Schwiegervater ist schwer zu begraben.

Ist der Mann zu gut für die Welt,
ist er schlecht für die Frau.

Eine Witwe ist eine Alte,
eine Geschiedene ist eine Schande,
eine Junge ist eine Freude.

Auf Reisen darf man dem Pferd nicht glauben,
und daheim der Frau.

Myrte stinkt die ganze Woche,
und zum Sabbatmahl schmeckt sie.
(Wortspiel mit ›hadas‹, Myrte, was ›Gewürzbüchse‹ bedeutet und auch ein Frauenname ist.)

Alle Frauen haben ein Erbteil von Mutter Eva.

Ein Weib, das grenzenlos gütig ist,
kann auch grenzenlos gehässig sein.

Adam war nackt, Eva nur barfuß.

Ein Weib stellt auf die Füße und wirft vor die Füße.

Ein Weib macht aus einem Mann einen Narren
und einen Herren.

Ein Weib ist eine Plage,
die sogar den Todesengel vertreibt.

Ist das Weib zu tüchtig,
macht sie aus dem Mann einen Bären.

Geht die Frau in Hosen, wiegt der Mann das Kind.

Die zweite Frau ist nach den Taten des Mannes.

Das zweite Weib hat einen goldenen Leib.

Die erste Frau ist *(treu)* wie ein Hund,
die zweite ist *(falsch)* wie eine Katze,
und die dritte ist *(gierig)* wie ein Schwein.

Das erste Weib ist von Gott,
das zweite von den Menschen,
und das dritte ist von den Dämonen.

Die zweite Frau ist wie die Märzsonne:
Sie macht nicht warm, sie macht nicht kalt.

Frauen führen zum Guten oder zum Schlechten;
es sei, wie es sei, sie verführen.

Weinen und Lachen sind bei Frauen leichte Sachen.

Drei können nicht in Frieden leben:
Weiber, Hunde und Hühner.

›Tomer‹ ist eine Jüdin.
(Wortspiel zwischen ›tomar/tomer‹, ›du könntest sagen‹, wird gebraucht im Sinne von ›vielleicht‹, und dem Frauennamen Thamar.)

Hat eine Jüdin ein schlechtes Gesicht,
hat sie entweder einen schlechten Mann
oder einen schlechten Kopf.

Wenn Mann und Weib sich schlagen,
zerreißen sich die Kinder das Kleid.
(Gedankenspiel um Anarchie und Trauer, wobei für letztere das Einreißen des Oberkleides sichtbares Symbol ist.)

Ich Mann, du Weib! – Ich schlag, du schweig!

Ein Eheleben wie die Sonne mit dem Mond!

Mann und Weib sind *ein* Leib;
aber Geldbeutel und Meinungen haben sie zwei.

Eine Mannsperson ist wie ein Glas,
ein Weib ist wie ein Topf.
(Das Glas kann gereinigt werden, der Topf bleibt, rituell, unrein.)

Des Moses, unseres Lehrers, Lehre
und weibliche Eifersucht werden ewig dauern.

Eine Frau ist wie eine Ente:
Alles an ihr ist gut, nur der Schnabel nicht.

›Eine wackere Frau, wer findet sie!‹ *(Spr. 31, 10)* –
Aber ein böses Weib ist häufiger zu finden.

Ein schlechtes Weib ist wie eine Wunde auf dem Leib.

›Und er sei dein Herr!‹ *(Gen. 3, 16)* –
Und was sie will, tut sie doch.

Eine Frau hat elfundneunzig Seelen im Bauch.

Vom Sagen wird man nicht tragen.

Liegt die Frau im Kindbett,
ist der Mann ein Angeber.

Stirbt die Frau im Kindbett,
fürchten sich die anderen, guter Hoffnung zu werden.

Die Frau hat die Schmerzen,
und der Mann hat das Verdienst des Bundes.

Es gibt keine schlechte Mutter
und keinen guten Tod.

Nicht die ist die rechte Mutter, die geboren hat,
sondern die, die erzog.

Die Mutter ist eine fromme Frau,
und die Tochter ist auch so eine.
(Wortspiel zwischen ›a sojne‹, so eine, und ›sojnu‹, Buhlerin.)

Schreit die Mutter das Kind ›Bastard‹,
kann man es glauben.

Eine Mutter ist wie eine Mesusa.
(Die Mesusa ist eine Kapsel, die einen Pergamentstreifen mit den Texten Deut. 6, 4–9 u. 11, 13–21 enthält. Sie ist am Türpfosten befestigt und wird von Ein-, Aus- und Zubettgehenden mit den Fingern berührt, die man dann an die Lippen führt und küßt.)

Eine Mutter ist gerecht;
ein Vater ist ständig gerecht.

Die Mutter ist ein Deckel;
sie bedeckt die Fehler der Kinder
und die Verachtung des Mannes.

Bei Tag die Scheidung – bei Nacht das Bett.

Sie sind *ein* Hintern und *ein* Backen.

Ein Mann wie eine Maus und eine Frau wie ein Hase
sind noch nicht gleich.

Ich mit dir bin wie andere zwei –
ich ohne dich bin wie ein Boden ohne Heu.

Liebt man die Frau, liebt man ihre Familie.

Liebt ein Männlein ein Weiblein,
ist es ›der gute Weg‹.

Allein ist sogar im Garten Eden nicht gut sein.

Ein Gutsbesitzer hat Pferd und Hund im Sinn,
ein Jude Weib und Kinder.

Wir sind eine kleine Familie:
Ich und er, die Schwiegermutter, der Schwiegervater,
Gezel und Feivel, Breine und Treine, Baruch
und Schlojme, zum Beispiel.

Binde mich an allen vieren,
aber wirf mich zwischen die Meinen.

Kinder

Iß dich satt, bevor du Kinder kriegst.

Hat man Kinder, Gesundheit und Geld,
kann man sich nicht wünschen eine schönere Welt.

Kinder und Gläser hat man nie genug.

Hat man Kinder in der Wiege,
muß man mit der Welt in Frieden leben.

Vater und Mutter zu sein, ist eine Kunst;
und alle Menschen versuchen sich darin.

Es ist besser, dem Kind mit der warmen Hand zu geben
als mit der kalten.
(Besser zu Lebzeiten Gutes tun, als zu vererben.)

Sohn und Tochter sind ›das Kind‹,
die Schwiegertochter eine Wunde,
der Schwiegersohn ein Hund.

Ein Sohn, wie er geruht –
ein Schwiegersohn, wie man ihn will.

Ein Sohn nach dem Tod – eine Tochter zu Lebzeiten.
(Ein Sohn verrichtet nach dem Tode der Eltern das Kaddisch-Gebet zu deren Seelenheil. Die Tochter nützt im Haushalt.)

Sieben Söhne bringen einen Stuhl ins Paradies;
sieben Töchter einen Stuhl – in die Hölle.

Wer Töchter hat, hat geschwollene Füße;
wer Söhne hat, steckt die Füße unter den Tisch.

Die richtigen Wehen kommen erst,
wenn die Kinder groß sind.

Kleine Kinder lassen nicht schlafen –
große Kinder lassen nicht leben.

Fünf Töchter! Da vergeht das Gelächter.

Wer seinen Sohn nichts lernen läßt,
erzieht ihn zum Dieb.

Bei Kindern und bei Gott
hat noch niemand zugesetzt.

Ein Kuß für das Kind ist so gut wie für die Mutter.

Ein Waisenkind hat viele Mütter.

Für eine Mutter gibt es kein schlechtes Kind.

Nur auf die guten Kinder der anderen
darf man neidisch sein.

Sagt ein Kind etwas Weises,
soll man es hinausschicken.
(Aus dem Zimmer, eh es etwas Dummes hinterhersagt.)

Wenn das Kind nach etwas greift, ist es weise;
ist es älter, schlägt man ihm auf die Hände.

Ein Muttersöhnchen ist ein Starrkopf,
und ein Starrkopf ist ein Abtrünniger.

Ein verzärteltes Kind ist eine fertige Waise.

Alle Kinderlosen haben liebe Kinder.

Durch ein schlechtes Kind
kommen die Eltern zu Sünden.

Ein Vater *zehn* Kinder ernähr';
aber *zehn* Kinder *einen* Vater – das ist zu schwer.

Schenkt der Vater dem Sohn, lachen beide;
schenkt der Sohn dem Vater, weinen beide.

Wohl dem Menschen,
dem das Verdienst seiner Eltern beisteht;
wohl dem, der einen Nagel hat, daran zu hängen.
(Gemeint ist der Korb für das Brot.)

Getragen, getragen und weggegeben an das Militär!

Macht der Sohn Schande,
steckt man ihn in eine Uniform.

Geh ich langsam, sagt man, ich krieche;
geh ich geschwind,
sagt man, ich zerreiß mir die Schuh.

Gott kracht sich mit seinem Weib. *(Donner)*

Pfeif nicht! Es sind Truthähne im Zimmer.
(Truthähne können Pfeiftöne nicht vertragen und laufen davon. Hier: Man führe keine unzüchtigen Reden in Gegenwart der Kinder.)

Fünf Finger an einer Hand sind auch nicht gleich.

Kleine Mädchen zerreißen die Schürzen;
große Mädchen zerreißen die Herzen.

Meschuggene Gänse – meschuggene Grieben.

Patenschaft ist eine Ehr'
und macht den Beutel leer.

›Ganz Israel – Brüder.‹ Vater! Du bist mein Bruder.

›Gesprenkelt und gefleckt‹,
alle jüdischen Kinder sollen so geraten.
(Ein Dummkopf hielt die Kennzeichnung der Schafherde Jakobs, Gen. 31, 10, für einen Segen. Ansonsten für eine bunte, zusammengewürfelte Gesellschaft.)

Jeder Lehrer ist ein Stück Unglück.

Solang das Gebetbuch nicht gestorben ist,
ist auch der Lehrer nicht tot.
(Sagt der Schuljunge, für den der Tod des Lehrers keine Befreiung vom Buch ist.)

Wann freuen sich die Schulkinder?
Wenn der Lehrer ›schiw'a‹ sitzt.
(Weil während der sieben Trauertage der Lehrer keinen Unterricht erteilen darf.)

Ein uneheliches Kind mag man sein,
aber klug muß man sein.

Was nützen dem Jungen Sporen,
wenn er nicht reiten kann?

Die Alten schlucken, was die Jungen spucken.

Eltern können alles geben, nur kein Glück.

Ein Kind ohne Mutter ist wie eine Tür ohne Klinke.

Ein Kind ohne Vater ist eine halbe Waise,
ohne Mutter – eine ganze Waise.

In der Sonne ist gut sitzen,
und neben der Mutter ist gut weinen.

Fällt ein Kind,
schiebt ein Engel seine Hand darunter.

Armut

Krank gewesen sein ist schlimm;
aber reich gewesen sein ist schlimmer.

Den wahren Geschmack des Wassers
erkennt man in der Wüste.

Ein Kranker lebt von der Krankheit.
(Weil er keinen Appetit hat.)

Auch Gesundheit kann anstecken.

Vor Armut ißt er Weißbrot.
(Das er sich erbettelt hat.)

Hat man kein Fleisch, beißt man Knochen.

Gott bin ich die Seele schuldig,
und dem Fleischer – das Fleisch.

Als er gute Zähne hatte, hatte er nichts zu beißen;
nun hat er zu beißen und keine Zähne mehr.

Auf alle Fragen *(›kaschjojss‹)* gibt es eine Antwort,
nur auf Buchweizengraupen *(›gretschene kasche‹)*
gibt es keine Antwort, wenn man kein Geld hat,
sie zu kaufen.

Hat man eine Mietwohnung und eine Kuh,
hat man Ernährung ohne Milch.

Während einer Seuche ist eine Ziege wie eine Kuh.

Für einen Hund zu klein, für eine Katze zu groß.

Jeder Hund ist ein Hausherr auf seinem Mist.

Zwei in einem findest du bei keinem.

Betteln vom Bettler macht unsern Herrgott lachen.

Der die Zähne gegeben hat, wird auch Brot geben.

Eine Schuhsohle, in Honig gekocht, ist auch süß.

Ist das Geld ausgegangen, sagt der Targum: ›Schlimm‹.
(Targum: die aramäische Übersetzung der Bibel. Das hebräische ›afeis‹ wird mit ›schlim‹, ›es ist ausgegangen‹, nämlich das Geld, übertragen. Wortspiel mit dem deutschen ›schlimm‹.)

Armut ist keine Schande –
aber eine große Ehre ist sie auch nicht.

Was nützt die Ehre, wenn man nichts zu essen hat?

Ahnenstolz auf dem Friedhof, und zu Hause Armut.

Ist der Jude hungrig, singt er;
und der Bauer schlägt sein Weib.

Nur die Jahre! – Die Not kommt allein.

Der Satte glaubt nicht dem Hungrigen.

Drei wachsen über Nacht:
böse Zinsen, Wohnungsmieten und Mädchen.

Umsonst trinkt man nur Wasser.

Gott schütze davor, *ein* Kind und *ein* Hemd zu haben.

›Ich habe nichts‹ ist ein Freispruch;
aber auch die beste Klage.

Legt man Elend hinein, nimmt man Krankheit heraus.

Die eine Frau zittert vor ihrem Mann,
die andere zittert vor Elend und Fieber.

In leeren Fässern ist großer Lärm.

In ein leeres Faß paßt kein Segen hinein.

Der Reiche bläst sich auf,
und der Arme schwillt *(vor Hunger)* an.

Der Reiche trägt Gott in der Geldbörse,
und der Arme im Herzen.

Des Reichen Närrischkeit gilt mehr
als des Armen Weisheit.

Der Reiche, der herunterkommt,
und der Arme, der heraufkommt,
sind sich nicht gleich.

Ist der Reiche krank,
haben die Armen etwas zu kochen.
(Weil er dann Almosen verteilen läßt.)

Besser zu leben und wenig zu haben
als in allem begraben.

Man sagt ›arme Leute‹, weil Reiche keine Leute sind.
(Mit ›leit‹ in der Einzahl wird auch ein Edelmann, ein Gentleman bezeichnet.)

Ein geiziger Reicher ist der ärgste Bettler.

Wer dem Armen sein bisheriges Almosen entzieht,
weil er einen Verlust erlitten hat,
der dämpft das Feuer mit Stroh,
löscht den Durst mit Salzwasser.

Arm sein ist wie gestorben;
aber reich sein ist noch nicht gelebt.

Arm und Reich liegen in der Erde beide gleich;
nur auf der Erde liegen die Reichen besser.

Nicht arm, nicht reich, dafür den Leuten gleich.

Das Gebratene des Armen riecht man weit;
den Tod des Reichen hört man weit.

Dem armen Mann kostet die Kartoffelsuppe mehr
als dem Reichen das Gebratene.

Den Armen hat man gern, wenn er abhängig bleibt.
(wörtlich: beim Geld)

Der eine hat für Almosen keinen Sinn,
der andere weiß nicht woher, nur wohin.

Der Hut ist gut, nur der Kopf ist zu klein.

Wer einen armen Mann bestiehlt, nimmt es von Gott.

Ein armer Mann hat keine Angst vor Diebstahl.

Wo ich bei Tag nichts finden kann,
willst du bei Nacht etwas finden?
(sagt der Arme zum ertappten Dieb.)

An einem armen Mann
kann man sich leicht versündigen.

Ein armer Mann und ein Kranker
sind dauernd rechthaberisch.

Ein armer Mann hat freie Kost in den Häusern
und Wohnung im Spital.

Ein blanker Bettler ist ein ›schönes‹ Elend.

Bei ›boij b'schulojm‹ steht der arme Mann obenan.
(Weil bei ›Ich kam in Frieden‹ sich die Gemeinde mit dem Gesicht zum Ausgang der Synagoge wendet, so daß dic hinten stehenden Armen obenan sind.)

Wer arm ist, dem wird die Weisheit zerschlagen.

Dem Armen ist es im Sommer kalt, im Winter heiß.
(Weil er im Sommer die Winterkleider und im Winter die Sommerkleider in das Pfandhaus tragen muß.)

Der Arme hat immer den Wind in den Augen.

Der arme Mann legt die Zähne in den Brotbeutel.
(Weil er nichts zu kauen hat.)

Der arme Mann legt die Zähne im Pfandhaus ab.
(Und bekommt Geld. Doch womit soll er essen?)

Wenn es Dukaten regnet, sitzt der Arme in der Stube.

Ein Beutel ohne Geld ist nur ein Stück Leder.

Wenn man nur gesund ist, ist man schon reich.

Einer meint, daß es beim anderen leuchtet;
zum Schluß ist es nur ein Messingknopf.

Ein Doktor kann alles, nur nicht die Not austreiben.

Ein Dünner überlebt zehn Fette.

Armut macht untauglich.
(Für die Einhaltung der Gebote.)

Er denkt, vom Betteln wird man nicht arm.

Dem Armen paßt alles.

Nicht einmal seine Haare gehören ihm.

Hat man es nicht scheffeldick,
hat man es doch löffeldick.

Brot ist wichtiger als Kleidung.

Der Hals hat ein kleines Loch
und verschlingt das Haus mit dem Dach.

Die letzten Hosen soll man versetzen,
und reich soll man sein.

Es ist nicht so gut mit Geld,
wie es ohne Geld schlecht ist.

Hunger ist ein böser Herr.

Bist du hungrig, leck Salz, dann wird dich dürsten.

Wenn ein Armer ein Huhn ißt,
dann ist entweder er krank, oder das Huhn.

Wenn ein Armer einen Groschen sieht,
springt er *(vor Freude)* aus der Haut.

Wer ist wie du? Kein Öl und kein Docht.

Der Arme darf keine ›Art‹ haben.

Wie sich der Arme auch legt, er liegt nie gut.

Ein gutes Kind! Wenn es schläft, ißt es nicht.

Legt man sich, ohne gegessen zu haben,
steht man unausgeschlafen auf.

Ein Bettler ist die beste Bewachung.

Lebe, Bettler! Leiden kostet kein Geld.

Um Bettler zu vertreiben,
benötigt man einen Reichen.

Wenn zwei Bettler tanzen gehen,
zerreißen bei den Musikern *(aus Versehen)*
die Saiten.

Ein Bettler ist freigebig aus fremden Geldbörsen.

Ein Vogel ohne Flügel und ein hochmütiger Bettler
sterben beide vor Hunger.

Wo da ein Armer ist, ist es mein Nachbar.

Schöner ein schlechter Flicken
als ein schönes Loch.

Wo die Armut sich anhaftet,
wird man sie nicht so bald los.

Alle Zeichen verschwinden,
nur der Stempel der Armut nicht.

Bei *dem* Essen kann man den Hunger vergessen.

Geschmack, das ist der Fisch auf anderem Tisch.

Alter und Tod

Anmut kostet nicht mehr als Häßlichkeit.

Ehe man siebzig wird, kommt alles vor die Augen.

Die Jahre der Menschen fliegen wie im Traum vorüber,
und rafft man sich auf, liegt man in der Erde.

Wie man sich in der Jugend hält, so alt wird man.

Was man in der Jugend verteilt,
nimmt man im Alter zurück.

Graue Haare sind Friedhofsblumen.

Gold und Silber läßt man stehen,
wenn man zu Gott gehen muß.

Besser zehnmal verderben als einmal sterben.

Lebt man ohne Berechnung,
stirbt man ohne Sündenbekenntnis.

Wer auf allen Hochzeiten tanzt,
beweint auch alle Todesfälle.

Erinnert man sich des Todes,
ist man seines Lebens nicht mehr sicher.

Der Tod ist keine Rache.

Der Tod beweist die Wahrheit.

Könnte man sich loskaufen vom Tod,
hätten die Armen schöne Einkünfte. *(Durch Almosen.)*

Nach dem Tod hilft keine Buße.

Vor Tod und Not kann man sich nicht bewahren.

Wird der Leib hinabgenommen,
was hat der Kopf gutes davon?

Vor dem Tod und der Steuer kann man nicht entlaufen.

Alle Bräute sind schön, alle Toten sind fromm.

Der Todesengel sorgt sich nicht,
ob der Verstorbene Totengewänder hat.

Der Todesengel ist immer eine Ausrede.

Der Todesengel hat viele Augen.

Ein Fauler ist gut nach dem Todesengel zu schicken.
(Weil er nie ankommen würde.)

Wenn die Köchin stirbt,
begräbt man sie hinter dem Ofen.

Eine Stube ohne Fenster ist keine gute Wohnung,
und ein Rock ohne Knöpfe ist kein schönes Gewand.
(Gemeint sind Sarg und Totenkleid.)

Der Tod will eine Ursache haben.

Besser, einen Kranken in der warmen Stube zu haben
als im kalten Grab.

Ein spätes Mädchen ist sicher vor frühem Tod.

Wer erben will, muß das Begräbnis bezahlen.

Für die Jugend lebt man nicht,
für das Alter stirbt man nicht.

Einen reichen Vater lohnt es zu begraben.

Eh man so fährt, ist es schon besser,
zu Fuß zu gehen.
(sagte jemand, der einen pompösen Leichenzug sah.)

Wenn die Eltern ihren Kindern keine Schuhe geben,
nehmen sie sich die Kinder später in Socken.
(Nach dem Tode der Eltern, während der sieben Trauertage, gehen die Kinder auf bloßen Strümpfen.)

Ein Blinder hat einen leichten Tod;
man erspart ihm das Schließen der Augen.

Auf dem Guten Ort *(Friedhof)* sagt jeder ein gutes Wort.

Da Gott läßt leben, muß er auch den Tod geben.

Wenn Gott einen zum Narren machen will,
nimmt er ihm im Alter sein Weib.

Seit das Sterben aufgekommen ist,
ist man seines Lebens nicht mehr sicher.

Kein Geschlecht stirbt aus.

Alles ist besser als gestorben.

In die Hölle wird man dich mit Gewalt schleppen,
ins Paradies – auch.

Die Welt ist mein, sagt der Mensch bei der Geburt
und hält die Fäuste geballt.
Ich nehme nichts mit ins Grab, sagt der Sterbende – und
zeigt die geöffneten Hände.

Gewerbe und Geschäft

Wohltätigkeit
ist das erhaltende Salz für den Reichtum.

Hat man nichts zu verlieren,
muß man alles probieren.

Nicht die Arbeit schändet den Menschen,
nur der Mensch schändet die Arbeit.

Eine erbärmliche Arbeit ist auch eine Arbeit.

Eine Arbeit wägt nicht die Schultern ab.

Arbeit ist ein Königtum,
aber man hat keine Minute Erholung.

Hat man Arbeit in der Hand,
kommt in die Stube der Segen.

Jüdischer Reichtum ist ein Bündel Stroh.

Stehlen und rauben soll man,
und ein ehrlicher Mann soll man bleiben.

Gibt man dir, nimm;
nimmt man dir, schrei: ›Gewalt!‹

Allein kann man essen, aber nicht arbeiten.

Nicht heraus und nicht herein; es kann nicht ärger sein.

Wer ständig davon redet, kriegt nichts ab.

Will man, kann man; sucht man, findet man.

An einem fetten Topf ist es gut, sich zu reiben.

Nicht viel erwogen, aber gut gemacht.

Mit Erwägungen wirst du nichts machen.

Überlegt man sich zuviel,
nimmt ein anderer derweil den Unterhalt weg.

Kommt der Reichtum, kommt die *(eigene)* Meinung.

Wer ist reich?
Der einen Genuß von seinem Reichtum hat.

Wo man Gehirn braucht, hilft keine Stärke.

Viel Verstand macht alt, viel Geld – jung.

Mit gutem Rat bin ich versehen,
nur das Geld fehlt mir noch.

Rat mir gut, nur rate mir nicht ab.

Dem guten Freund einen schlechten Rat,
dem Feind einen guten.
(Denn beide tun das Gegenteil.)

Kratzen und Borgen ist nur für eine Weile gut.

Verstand bringt mehr ein als die Hände.

Man soll sein letztes Hemd darauf verwenden,
reich zu sein.

Wer nicht vermehrt, vermindert.

Was man vorn ausstreut,
findet man hinter sich wieder.

Das jüdische Erbteil ist eine goldene Ader.

Was tu ich mit Ratschlägen? Geld brauch ich!

Gott helfe mir herauf!
Herunter will ich schon allein kommen.

Verlust mit Schnelligkeit ist auch ein Gewinn.

Man legt *ein* Ei dem Huhn unter, um *zwei zu* haben.

Will man sich die Ausgaben herausschlagen,
schlägt man sich die Zähne ein.

Ohne Ausgabe keine Einnahme.

Hundert und Hunderteins ist alles eins.

Einen Dank kann man nicht in die Geldbörse legen.

Gesegnet ist der Groschen,
doch mit Schweineschmalz ist er geschmiert.

Ständig ein Groschen ist besser
als selten ein Rubel.

Er hat ein Geschäft gemacht wie Vetter Esau.
(siehe Gen.25)

›Pinchas ben-Eleasar ben-Aharon des Priesters‹ –
hat er kein Geld, hat er keinen Stammbaum.

Für Geld hat man diese *und* jene Welt.

Für Geld bekommt man alles, nur keinen Verstand.

Für Geld bekommt man alles,
nur Vater und Mutter nicht zurück.

Er hat soviel Geld wie ein Jude Wechsel.

›Denn mit Furcht bist du aus Ägyptenland gezogen‹
(Deut. 16, 3) –
verlierst das Geld und die Hosen.

Der mit Geld und der mit Verstand.

Geld zu verdienen ist geringer, als es zu erhalten.

Geld verloren, halb verloren;
Mut verloren, alles verloren.

Geld hält sich nur in einem groben Sack.

Geld geht weg,
und ein Geizhals bleibt ein Geizhals.

Geld ist rund –
mal ist es hier, mal ist es dort . . .

Geld ist Dreck, aber Dreck ist leider kein Geld.

Geld ist ein Götzendienst;
aber ist es nicht da, ist große Not.

Beim Bezahlen ist gut stehen und zusehen.

Herein und heraus *(aus dem Geschäft)* kosten Geld.

Verliert man Geld, sucht man Frömmigkeit;
gewinnt man Geld, verliert man Frömmigkeit.

Wartet man auf das Geld,
wartet man auf den Verstand.

So geht es auf der Welt:
Einer hat den Beutel und der andere das Geld.

Auf ›wollte ich‹ und ›sollte ich‹
borgt man kein Geld.

Auf drei Dingen ruht die Welt:
auf Geld, auf Geld und auf – Geld.

Ein schwerer Beutel macht ein leichtes Gemüt.

Wer was will borgen, der komme morgen.

Borgele – lachele; zahlele – weinele.

Borgt man einem Geld, kauft man sich einen Feind.

Was man hineinsteckt, sieht keiner;
was man drauflegt, sieht jeder.

In den Bauch schaut keiner, auf ihn – alle.

Was ein dicker Bauch kostet, möcht ich besitzen;
was er wert ist, sollen meine Feinde besitzen.

Ein Ochse für einen Groschen –
nur, der Ochse ist nicht da.

Geld lacht aus dem Dreckhaufen heraus.

Gold hat einen wertlosen Vater
und ist doch von edler Abstammung.

Besser, beim Schlimmen zu haben,
als beim Besten schuldig zu sein.

Besser einen Kramladen mit eigenem Geld führen,
als ein großes Geschäft mit fremdem.

Besser ein sauberer Groschen als ein unreiner Taler.

Es ist nicht so gut mit ihm *(Mammon)*,
wie es ohne ihn schlecht wäre.

Der weiteste Weg ist der zum Geldbeutel.

Greift man zu, verbrennt man sich.

Mit einer Angel fängt man Fische,
mit Geld Menschen.

Man schmeichelt nicht dem Reichen, nur seinem Geld.

Rücktritt ist geschäftsschädigend.

Reue ist nicht händlerisch.

Zwei Mal bereut man nicht.

Eine gute Berechnung ist eine halbe Bezahlung.

Die Berechnung ist richtig – nur das Geld ist nicht da.

Ein guter Jude bedarf keines Mahnbriefes;
und bei einem schlechten Juden hilft kein Mahnbrief.

Ein Jude, eh er borgt sich,
geht herum und sorgt sich;
und kommt der Zahltag,
sorgt er sich weiter.

Der Jude hat nur Geld zu verlieren,
und Zeit, krank zu sein.

Es ist eine Pflicht, einen Juden zu begraben.
(›Begraben‹ heißt auch ›Geschäftsschädigung‹.)

Gute Mahner sind schlechte Zahler.

Hat man das Geld, hat man die Einsicht.

Ein goldener Nagel zieht einen eisernen Wagen.

Eine Spende ist ein ›kratz‹ *(ein Kratzen wert)*,
ein Darlehen ist ein Schatz.

Liegt eine Ware lang, vergißt man den Preis.

Die beste Ware der Welt ist bares Geld.

Der Reiche schläft, und seine Zinsen gehen.

Das Prozent ist ein Geschmack vom Kapital.

Das Prozent verschlingt das Kapital.

Prozente wachsen ohne Regen.

Der Wucherer bittet bei Gott mehr für den Schuldner
als für sich selbst.

Was man mit dem Wind verdient,
vergeht mit dem Rauch.

Die Zeit ist teurer als Geld.

Ein Geizhals liegt auf dem Geld
wie ein Hund auf den Beinen.

Die Klage vergeht, der Zinsfuß besteht.

An gezähltem Geld ist kein Segen.

Verwandtschaft und Geld
lassen sich nicht verbergen.

Was hier übrig ist, fehlt dort.

Goldene Kleider werden nicht schmutzig.

Einer segnet ›m'suman‹, der andere hat es.
(Ein Tischgebet, das auch ›bares Geld‹ bedeutet.)

Wartet man auf Geld,
heißt man bei der Welt Dummkopf.

Wie ein Hund – nur ohne Zähne.

Schwören ist ehrlich – Halten ist schwerlich.

Auf einem fremden Bart
läßt sich gut rasieren lernen.

Zehn Leute mieten – und nur einer kauft.

Beschert Gott einen Kaufmann,
schickt der Teufel einen Makler.

Besser zehnmal messen und einmal abschneiden
als umgekehrt.

Ein Handwerker arbeitet für das Essen
und ißt für die Arbeit.

Ein guter Markt ist einen Branntwein wert;
nach einem schlechten Markt
braucht man einen Branntwein;
es sei wie es sei, man trinkt Branntwein.

Lob du mich, werd ich dich loben;
wir sind beide von einer Zunft.

Hört die Mühle auf zu mahlen,
hört der Müller auf zu zahlen.

Mit wem man zu tun hat,
so wird man werden.

Wer sich mit Pech beschäftigt,
beschmiert sich die Hände.

Nicht einmal zum Pfeifen ist etwas da!
(D. h. selbst die Zähne sind weg.)

Eine tote Kuh gibt keine Milch.

Er schielt so, daß er keinen Groschen sieht.

Alle Schuster gehen barfuß.

Wann näht der Schneider umsonst?
Wenn er vergißt, einen Knoten
(in das Ende des Fadens) zu machen.

Womit man handelt, das haftet einem an.

Sollte ich mit Kerzen handeln,
ginge die Sonne nie unter.

Sollte ich mit Totengewändern handeln,
würde niemand mehr sterben.

Handelt man mit Tabak, hat man einen ›schmeck‹;
handelt man mit Honig, hat man einen ›leck‹;
handelt man mit gar nichts, hat man einen Dreck.

Handelt man mit einer Nudel,
verdient man eine Nudel.

Hast du – halte, weißt du – schweig,
kannst du – tu.

Was man nicht mit den Augen sieht,
setzt man aus dem Beutel zu.

Nicht alle Menschen werden gewürdigt,
ohne einen einzigen Bankrott zu sterben.

Der, dem man den Bankrott anhängt,
der hängt einem die Fenster aus.

Man bedingt sich Rachel,
deine jüngere Tochter, aus *(Gen. 29, 18)*,
und bei etwas Licht
hat man doch die alte, blinde Lea bekommen.
(Oft hilft es nichts, wenn man bei den Vertragsabschlüssen zur Sicherheit minutiös und wortreich formuliert.)

Knapp kalkuliert, ehrlich bezahlt.

Seine Wechsel sind gut – als Klopapier.

Hat man eine Schuld bezahlt,
mag man sich einen Feiertag machen.

Mach eine Schuld, ist es *ein* Schmerz;
mach Schulden, ist es eine Menge Schmerzen.

Schwein ist verboten, aber Kaufen ist erlaubt.

Für eine alte Schuld nimmt man sogar Wertloses an.

Ein Tausch ist ein Schlachtmesser.
(›chilluf‹ und ›challef/challof‹)

Wenn der Jude pfeift,
und der Gutsbesitzer kratzt sich hinter dem Ohr,
ist es ein schlechtes Zeichen.

Wer zu teuer verkaufen will, verarmt.

Der schlechteste Markt gibt mehr Unterhalt
als der beste Freund.

Einer ist auf Gewinn erpicht,
ein anderer auf Kapital.

Eine ›Gesellschaft‹ ist nur gut mit der eigenen Frau.

Mit Weinen bezahlt man keine Anleihe.

Mehr Licht verbrannt als Geld verdient.

Ein Engel kann auch keine zwei Botschaften
auf einmal überbringen.

Ein Händler braucht kein Hund zu sein,
und ein Hund ein Händler offensichtlich nicht.

Mehr Händler, mehr Glück; mehr Diebe, mehr Strick.

Nimmt man sich vier, läuft das fünfte allein nach.
(Fuhrmannsregel. Das fünfte, das Füllen, läuft nebenher. Wortspiel zwischen ›sich firnemen‹, sich etwas vornehmen, und ›fir nemen‹.)

Wenn eine Fliege sich auf den Wechsel stellt,
ist es auch gut.
(Die unbedeutendste Unterschrift hat einen Wert.)

Nimm dich in acht, Feder!
(Wortspiel um ›pen‹, hebräisch ›damit nicht‹ und polnisch ›Schreibfeder‹. Die häufige biblische Einleitungsformel – zum Beispiel Gen. 24, 6 – warnt in korrumpierter Form vor dem unüberlegten Unterschreiben von Wechseln.)

Verkauf und bereu!

Einen guten Freund bekommt man umsonst, einen Feind muß man sich kaufen.

Verwahrt man fremdes Gut, kommt man zu eigenem.

Es ist eine Kunst, Waren zu verkaufen und Kinder zu haben; eine größere Kunst ist es, Waren zu verkaufen und Kinder großzuziehen.

Hat man einen Kram *(Waren und Geschäft)*, ist man wie lahm.

Wenn der Krämer seinen Kram nicht berechnet, berechnet der Kram den Krämer.

Die Ware ist ein Dieb.

Vorn gestopft und hinten gefühlt.
(Ursprünglich war eine Gans gemeint.)

Er hat sich an einen goldenen Galgen gehängt.

Er hat seinen Engel gut erzogen.

Er eröffnet eine Gerberei; er hat ›lo‹, und sie hat ›lo‹.
(Wortspiel zwischen dem hebräischen ›nichts‹ und dem deutschen ›Lohe‹.)

Wer *einen* Garten mietet, der kann Vögel essen;
wer viele Gärten mietet, den fressen die Vögel auf.

Reisen

Er hat zu erzählen wie nach dem Auszug aus Ägypten.

Ein Wagen wie eine Uhr –
ein Schlitten wie ein Leichnam.

Neben einem schweren Wagen ist gut zu Fuß gehen.

Fährt man in der Mitten,
hat man einen goldenen Schlitten;
Fährt man in der ›ek‹,
hat man einen Wagen mit Dreck.

Fällt der Wagen, sind die Räder zu schwer.

Der Gewinn bleibt an den Rädern kleben.

Der Wagen ruht sich im Winter aus,
der Schlitten ruht sich im Sommer aus,
die Pferde ruhen sich niemals aus.

Besser schlecht gefahren als gut gegangen.

Ein Schluck Branntwein wärmt im Winter und –
kühlt im Sommer.

Wer dem Fuhrmann mit Schabernack kommt,
geht leicht neben dem Wagen zu Fuß.

Mit mitgebrachtem Brot
ist man ein guter Durchreisender.

Brot unterwegs ist keine Last.

Wenn man einen weiten Weg geht,
soll man sich ein Kebsweib mitnehmen.
(Der Konsonantenbestand des hebräischen Wortes ›pilegesch‹ enthält die Anfangsbuchstaben der Wörter ›Paß‹, ›Lebensmittel‹, ›Geld‹ und ›Schlüssel‹.)

Besser der Mann schmeckt nach Wind als nach Küche.

›Gehe aus deinem Vaterlande . . .‹ *(Gen. 12, 1)* ist besser
als ›Sende Männer aus‹ *(Num. 13, 2)*.

Die schwerste Arbeit ist, allein zu gehen.

Besser zehnmal fragen als einmal umherirren.

Wer nicht geht und wer nicht fährt
hat nichts zu bereuen.

Geht man viel, wächst kein Gras.

Sitzt man daheim, zerreißt man sich keine Stiefel.

Einem Faulen wächst der Weg unter den Füßen.

Dort, wo man einmal ist, ist man zweimal.

Die ganze Welt ist *eine* Stadt.

Wann man fährt, weiß man.
Wann man zurückkommt, weiß man nicht.

Besser gesund gehört, als krank gesehen.

Fährt man am Sabbat *(was verboten ist)*,
sitzt man in der Woche daheim.

Er kam mit der Deichsel in die Nudeln.
(Wenn ein Reisender Freitag verspätet nach Hause kommt und das Nachtmahl schon aufgetragen ist.)

Bei solchem Wetter ›ist man nicht joze‹
(handelt man pflichtwidrig, wörtlich: geht man nicht aus),
wenn man ausgeht.

Umgekehrt heißt auch gefahren.

Gehst du langsam, wirst du schnell ankommen.

Dort, wo man dich lieb hat, geh wenig;
wo du ein Feind bist, bewege dich nicht.

Offensichtlich beschützt die Tonsur
(des katholischen Priesters)
den Kopf besser als die Jarmurka
(das Käppchen der Juden).

Beschimpfungen

Das hat schon Adam seinem Weib erzählt,
und sie hat erwidert: ›Eine alte Geschichte‹.

Wer umsonst zornig wird,
wird umsonst wieder gut werden.

Zieh mich nicht an der Zunge!
(Du könntest sie lösen.)

Gott! Schenk mir eine Ausrede!

Selbst wenn man eine Semmel aufbricht,
lacht einem ein Jude entgegen.

Hauptsache gesund!
Das Leben kann man sich allein nehmen.

Nächstenliebe ist die Grundlage des Nächstenhasses.

Au! – Der Weise stößt sich an allem.

Er sieht aus wie ein Floh in Pantoffeln.

Er sieht aus wie ein Huhn nach dem Coitus.

Er sieht aus wie vertrockneter Hering.

Ein Blinder am Fenster!

Schlepp mich, ich tu es gern.

Spuck drauf, dann klebt es.

Geh, wo der heilige Sabbat hingeht. *(vorüber)*

Ein Esel schimpft den anderen ›Sackträger!‹

Gott soll einen Narren auf die hetzen!

Komm mich würgen!
(Der Volksglaube meint, daß ein Verstorbener, dem bei Lebzeiten ein Unrecht widerfahren ist, seinem Gegner im Traum erscheint und ihn bei der Kehle packt. Das Sprichwort will sagen: Beschimpf mich nur; du magst nach deinem Tode dein Mütchen an mir kühlen.)

Schwein! Hast' Geld? Sei mein Vater.

Dein Glück soll dir leuchten
wie der Mond am Monatsende.

Es steht dir wie einem Schwein die Ohrringe.

Küß mich, wo die Juden rasteten.
(Während der Wanderung durch die Wüste in ›tachat/tuchoss‹, ›Hintern, Gesäß‹.)

Zurückgesagtes ›Scheusal‹ gilt nicht!

Ich nehm ein Messer und geh mich hängen.

Willst du dich erhängen,
erhäng dich an einem großen Baum.

Seid so freundlich und fallt mir
(wenn Ihr hoffentlich schnell geht)
die Treppe nicht herunter.

Sein Verdienst soll mir beistehen
bei einer Schüssel Brezeln.
(Denn zu mehr, glaubt der Schimpfende, reichen die Verdienste des Verstorbenen nicht aus, als im Himmel eine gute Verdauung zu bewirken.)

Eine Grazie – wie frischer Meerrettich.

Buchstabe für Buchstabe der Vater – der Säufer.

Nicht umsonst geht der Rabe zu der Krähe,
sondern weil sie seiner Gattung ist.

Ein voller Sack steht aufrecht.

Er hat einen Geschmack
wie der Saft aus dem Pfeifenkopf
eines alten Wanderpredigers.

Der Krug geht zum Brunnen, was will die Scherbe dort?

Fliegt in der Luft und hat nichts,
sich darauf zu stützen. *(Die Behauptung)*

Er jagt ihn, bis er die Pantoffeln verliert.

Das Jahr ist lang, und der Goi wächst.
(Sagt man zu einem schlechten jüdischen Schüler.)

Nicht einmal Mose, unser Lehrer,
konnte mit den Juden auskommen.

Er wird ein Buch eher schreiben als kaufen.

Ein jüdischer böser Blick ist ärger
als christliche Zauberei.

Lang bis zum Himmel und stinkt nach Schimmel.

Du hast mich nicht lieb?
Dann küß mich doch nicht ins Gesicht!

Ein litauischer Jude stirbt nicht.
(Denn er stirbt entweder im zaristischen Sibirien als Sträfling oder als Getaufter oder als Palästina-Pilger, jedenfalls nicht in Litauen.)

›Wir bekennen‹ bis zur Erde,
unjüdische Gesinnung bis zum Himmel.
(›modim‹, ›wir bekennen‹. Stelle im Sch'mone-Essre-Gebet, bei der man sich demütig verbeugt.)

Händ und Füß abhacken und als Soldat weggeben.

Er ist ein Zweiundfünfziger!
(Der Buchstabenwert des Wortes ›kelev‹, ›Hund‹, beträgt zweiundfünfzig.)

Bei dem wär selbst die Taufe umsonst.

Wo *der* Rabbiner wird, tauft sich die Gemeinde.
(Polemisch gegen einen Rabbinatskandidaten, der zu Neuerungen neigt.)

Strafprediger, straf dich!

Er hat die Seele eines Herings!
(Von einem geizigen Menschen, dessen Art mit der dünnen, silberfarbenen Blase verglichen wird, die Heringen durch den ganzen Rücken geht.)

Bis der wiederkommt, ist der Messias da!

Wenn man einem Bauern Ehre antut,
schwellen ihm die Füße.

Der ist ein Doktor für Gesunde!

Vorn wie ein Major, hinten wie ein schwarzes Jahr.

Sag mir: Hund! Teufel! Mensch!,
aber red ein Wort.

Einstmals hat das Volk Israel
jeden großen Propheten gepeinigt.
Heute kann jedes falsche Prophetlein das ganze jüdische
Volk peinigen.

Umwelt

Wenn man keine Beschäftigung hat,
beginnt man, sich mit Politik zu befassen.

Er sitzt auf der obersten Bank.
(Wo die Honoratioren sitzen, und wo man in der Sauna am meisten schwitzt.)

Wer auf dem Wagen obenan sitzt,
fällt auch zuerst herunter.

Braucht man einen König,
ist der Schwanz von einem Rettich auch ein König.

Eine Wahlurne ist eine verkehrte Papiermühle.
(In die Papiermühle steckt man die Lumpen, und es kommt Papier heraus; in die Wahlurne steckt man seinen Wahlzettel, und heraus kommen Lumpen.)

Wo beginnt der Hecht zu stinken? Am Kopf.

Wenn der Herr schon den Kern der Sache kennt,
hilft kein Schweigen.

Sowohl der Wolf ist satt,
als auch die Ziege nicht zerrissen.
(Wenn ein Prozeß zur allgemeinen Zufriedenheit entschieden wird.)

Die Verschleppung des Urteils
ist ärger als der Richter allein.

Tut der Gutsbesitzer groß,
ist er immer klein für sich.

Nicht jeder, der oben sitzt, ist ein Herr.

Besser ein aufkommender Reicher,
als ein heruntergekommener.

Schmiert man die Räder, kreischen sie nicht.

Wegen des Teufels muß man
auch sparen.

Ein neuer König mit neuen, uns feindlichen Gesetzen,
ein neues Jahr mit neuen Sünden.

Eine gute Botschaft macht die Knochen fett.

Eine Katze mag *auch* auf den Kaiser blicken.

Wie der Herr das Hündchen hält,
hält er das ganze Gesinde.

Der Hund meint, es blutet aus dem Bein;
aber es kommt ihm von den Zähnen.

Bist du schon ein Hund,
bist du doch wenigstens kein Schwein.

Tut man dem Hund Gutes, bellt er doch.

Den besten Biß hat der schlimmste Hund.

Ein guter Mensch!
Nur, der böse Hund läßt keinen heran.

Vor einem stillen Wasser, einem stillen Hund
und einem stillen Feind soll man sich hüten.

Ein ›jud‹ ist das kleinste Geschöpf,
aber allen sticht er groß in die Augen.
(Wortspiel mit ›Jude‹ und ›Jod‹, dem kleinsten Buchstaben des hebräischen Alphabets.)

Finster und glitschig, und der Engel jagt!
(Nach Ps. 35, 6 – Von den Strafen boshafter Feinde.)

Esau stemmt die Arme in die Hüften
und sagt zu Jakob:
›Laß mich kosten das rote Gericht‹.
(Gemeint ist die christliche Überheblichkeit gegen die Juden, wie auch Esau Jakob mit gierigen Worten das Recht der Erstgeburt für ein Linsengericht verkaufte, Gen. 25, 30.)

Gibt man nicht Jakob, gibt man Esau.

Eine ganze Stadt
kann nicht nach Sibirien verbannt werden.

Spar und spar,
kommt der Zar
und nimmt es gar.

Mit *einer* Seite ist man immer fertig.

Manchmal muß man etwas eingehen,
damit man hinausgehen kann.

Ein Wolf verliert seine Haare,
aber nicht seine Natur.

Hinausgeschmissen und noch die Rute geküßt.

Faule Fisch und Schläge dazu.

Für Brot gibt es Steine.

Schau mich an, aber berühr mich nicht!

Gott soll schützen vor roten Kragen
und blauen Hosen.
(Im zaristischen Rußland trugen Polizisten rote Kragen und Gendarmen blaue Uniformen.)

Wenn der Kosak sagt: Marsch!,
muß man den Sabbat verletzen.

Herr Verwandter, schießt Ihr eher, Ihr seid älter.
(Sollen sich zwei jüdische Soldaten aus Angst vor dem ersten Schuß zugerufen haben.)

Durch den Messias ist mein Sohn ein Soldat!
(Klagt eine Mutter, die hoffte, ihr Sohn werde nicht zum Militär kommen, weil bis dahin der Messias erschienen sei.)

Bist du ein Soldat, schmeck Pulver!

Der Goi ist die Vertreibung nicht gewöhnt.

Ist bei den Christen Kirmes, schlägt man Juden.

Ein Jude und ein Meschuggener
haben Angst vor Wasser.
(Ein Jude vor dem Taufwasser; der von einem tollen Hund Gebissene wird wasserscheu.)

Als Jude geboren, als Jude verloren.
(Durch christliche Mission.)

Dem Juden geht es allemal besser
als dem Abtrünnigen:
der Jude kann sich taufen lassen,
der Abtrünnige nicht mehr.

Juden! Söhne des Erbarmens!
Rettet uns vor den Christen!
Wir sind ehrliche Räuber!
(Sollen Juden gerufen haben, als sie zu Unrecht wegen Diebstahl verfolgt wurden.)

Ich verzichte auf deinen Honig und will nicht deinen Biß.

Ruft man den Engel, kommt der Missionar.

Die Mischpoche ist mir zu groß!
(Ein Jude, der schon halb bereit war, sich von einem Missionar taufen zu lassen, sagte, als er die vielen Heiligen aufgezählt bekam, an die er glauben müsse, er wolle nicht mehr, die Familie sei ihm zu groß.)

Nicht gestiegen, nicht geflogen.
(Als ein Christ einen Juden zum Glauben an die Himmelfahrt Christi bekehren wollte mit Hinweis darauf, daß ja auch die Bibel erzählt, Moses sei in den Himmel gestiegen, da antwortete der skeptische Jude, er glaube weder an das eine noch an das andere.)

Weihnachten ist ein böses Leid.
(Dann begannen oft grausame Judenverfolgungen.)

Die Verrückten
schlagen immer nur *anderen* die Fenster ein.

Ich habe ihn gekannt, als er noch ein Birnbaum war.
(Getaufte Juden änderten oft ihren Namen, um jede Erinnerung an ihre Herkunft auszulöschen. Hier noch in einem anderen Sinn: Die Tochter eines reichen Christen flüchtete bei Gewitter unter einen Birnbaum. Der Blitz schlug in den Baum, und das Mädchen blieb unverletzt. Der Vater ließ als Andenken an dieses Wunder aus dem Holz ein Heiligenbild fertigen und anstelle des Baumes aufrichten. Alle vorübergehenden Christen warfen sich vor ihm nieder, nur die Juden nicht. Einen fragte man, warum er es nicht täte, und der sagte: Ich habe ihn gekannt, als er noch ein Birnbaum war.)

Es ist nicht so, Mordechai zu lieben,
wie Haman zu hassen.

Einem schlechten Christen
soll man keine Niederlage erflehen.

Ein Gott vor alle Feinde.

Auch die Apostel des Teufels streben danach,
einen eigenen Katechismus zu haben.

Assimilation

In traurigen Zeiten blüht der Witz.

Jetzt kann man sich taufen lassen,
um es bequemer zu haben.

Die Eier wollen klüger sein als die Hühner,
nur werden sie bald stinken.

Dem schaut der Abfall *(vom Judentum)*
zum Gesicht heraus.
(Wo das demütige, gedrückte Wesen zur Natur geworden war, hielt man schon den aufrechten, freien Blick für den Anfang vom Ende.)

Bist du ein Vorbeter, sing; bist du ein Mönch, klingel.

Ein Vorbeter darf sich nicht taufen lassen.
(Weil er von seinem Beruf bei Christen keinen Gebrauch machen kann.)

Von jüdischer Rede
kann man sich nicht mit zehn Wassern abwaschen.

Besser ein Jude ohne Bart als ein Bart ohne Juden.

Vor einem Fremden
darf man keinen Christen schelten.
(›Ger‹, der Fremdling, aber auch der Proselyt; ›goi‹, der Christ, der Nicht-Jude, aber auch der vom jüdischen Glauben Abgefallene.)

Im heiligen Räucherwerk ist Stinkendes,
und in der feinsten Familie
gibt es einen getauften Juden.

Wie es sich jüdelt, so christelt es sich.

Er sitzt auf der Ecke der Bank.
(Er will sich taufen lassen. Man sagt, er wolle ›überkehren‹, also umkippen, wie einer, der auf der Ecke der Bank sitzt und dem Fallen nahe ist.)

Er ist ein Abtrünniger zum Trotz.
(Die Taufe hatte meist weniger mit den Vorzügen des Christentums als mit den ›Nachteilen‹ des orthodoxen Judentums zu tun.)

Wenn ich kippe *(mich anpasse)*, kippe ich ganz.

Er ist kein Jid und kein Goi.
(Kein Jude, kein Nicht-Jude, also ein Atheist.)

Besser ein kluger Gottloser als ein guter Einfaltspinsel.

Ein Abtrünniger in der Familie
wird auch einmal gebraucht.

Ein jüdisches Kind stirbt nicht von der Beschneidung,
und eine jüdische Frau stirbt nicht vom Tauchbad.
(Nebensinn von ›t'wila‹: Taufe.)

Leben soll man zwischen Christen,
sterben soll man zwischen Juden.

Ein Christ ist kleiner klein und größer groß;
und ein Jude – umgekehrt.

Wenn du dich auch in eine Schweinehaut hüllst,
erkennt man doch, daß du ein Jude bist.

Will man frei sein in der Welt, kostet es viel Geld.

Jeder ist für sein Geld ein Herr und Christ.

Er ist ein guter Mensch – bis zum Geldbeutel.

Wir müssen der Welt nachtun, nicht die Welt uns.

Die Räder drehen sich, und wir drehen uns mit.

Besser ein jüdisches Herz mit einem goischen Kopf
als ein goisches Herz mit einem jüdischen Kopf.

Das Ebenbild Gottes liegt ihm auf dem Gesicht.
(Bei ausgeprägter jüdischer Physiognomie.)

Wer ohne Schmach im Gesicht
und ohne Mitleid im Herzen,
der stammt nicht von Juden ab.

Was mit ganz Israel sein wird,
wird mit Herrn Israel sein.

Wenn es nur zwei Juden gäbe,
ginge einer zum Gottesdienst rufen, und der andere
ginge hin.

Das Niederreißen des Alters ist Aufbauen;
das Bauen der Jugend aber Niederreißen.

Der Tag ist mein, du aber,
was soll dir der Tag?
(Pointe einer talmudischen Fabel, in der, nachdem ein Huhn und eine Fledermaus den Anbruch des Tages erwarteten, so das Huhn die Fledermaus fragt.)

Endlich frei, frei wie ein Vogel,
was sage ich, vogelfrei!

Krüge wandern zum Brunnen;
wohin wandern die Scherben?

Von der Hälfte aufwärts war er göttlich;
von der Hälfte abwärts war er ein bloßer Mensch.

Zaun der Ehre ist Scherz;
Zaun der Weisheit ist Schweigen;
Zaun der Demut ist Furcht vor Sünde.

Die Ruchlosen sind in der Gewalt ihres Herzens,
die Frommen haben das Herz in ihrer Gewalt.

Verachte keinen Menschen,
denn jeder Mensch hat seine Stunde.

Eigene Anschauung führt zum Gedächtnis,
und das Gedächtnis führt zur Tat.

In der Weisheit bist du Genosse der Forschung,
im Handeln Genosse der Widerspenstigkeit;
Weisheit ohne Tat aber ist wie des Waldes Baum
ohne Frucht.

Der Weise sagt zu seinem Sohn:
Sei nicht weise, mein Sohn, bloß mit Worten,
sondern mit Taten;
denn die Tatweisheit wird dir für die künftige Welt
nützlich sein,
die Wortweisheit bleibt hier zurück.

Trägst du eine Last, so trage ich sie auch;
trägst du sie nicht, so trage ich sie auch nicht.

Wohl dem, der manches stillschweigend hinnimmt;
hundert Unglücksfälle sind dadurch beseitigt.

Sind dir die Züchtigungen lieb? –
Weder sie noch ihre Belohnung.

Immerdar gehöre der Mensch zu den Verfolgten
und nicht zu den Verfolgern.

Sittlichkeit ist besser als edle Abkunft;
denn edle Abkunft bedarf der Sittlichkeit,
aber Sittlichkeit nicht der edlen Abkunft.

Handle aus Liebe, handle aus Furcht.
Handle aus Liebe; wenn du hassen willst, bedenke,
daß du ein Liebender bist und kein Liebender haßt;
handle aus Furcht; willst du widerspenstig sein, bedenke,
daß du ein Fürchtender bist, und kein Fürchtender ist widerspenstig.

Proselyten sind den Israeliten so beschwerlich
wie der Aussatz.

Gedanken bringen nicht so viel ein
als Gefühle kosten.

Auf zwei Hochzeiten kann man nicht tanzen,
zwischen zwei Stühlen sitzen – das geht.

Nicht immer ist das Schöne gut;
aber immer ist das Gute schön.

Inhalt